时间的花朵

陈龙 著

苏州大学出版社

图书在版编目（CIP）数据

时间的花朵/陈龙著.—苏州：苏州大学出版社，2023.11
　ISBN 978-7-5672-4562-4

Ⅰ.①时… Ⅱ.①陈… Ⅲ.①诗集-中国-当代 Ⅳ.①I227

中国国家版本馆CIP数据核字（2023）第194747号

时间的花朵
SHIJIAN DE HUADUO

著　　者	陈　龙
责任编辑	李寿春　谢珂珂
装　　帧	吴　钰
出版发行	苏州大学出版社
地　　址	苏州市十梓街1号
邮　　编	215006
电　　话	0512-67481020
网　　址	http：//www.sudapress.com
邮　　箱	sdcbs@suda.edu.cn
印　　刷	苏州市越洋印刷有限公司
开　　本	889 mm×1 194 mm　1/32　印张12.50　字数184千
版　　次	2023年11月第1版
印　　次	2023年11月第1次印刷
书　　号	978-7-5672-4562-4
定　　价	70.00元

本书如有印装质量问题，请与营销部（0512-67481020）联系调换
版权所有　侵权必究

序

开花的时间

小海

在诗集《天赐情怀》出版两年后，同城诗友陈龙先生又捧出了一份沉甸甸的收获。其创作效率或勤奋程度，是让我感动的。《时间的花朵》中的作品，正如它的名字一样，是碎片化的业余时间上开放的一朵朵小花，次第于春夏秋冬，回映着岁月星光，散发着艺术芬芳。新诗集给我的总体感觉，是诗艺的更加成熟、思想的更加精深、作品整体完成度的进一步提高。从中，可以看出诗人不断完善自我、超越自我的不懈追求。

    活是个瞬间
    死才算永恒
    因此活着是件司空见惯的事
    活着注定迂回曲折

用记忆传说文字艺术坟墓科技

叫人死了还活着

活着也在为死摩拳擦掌

活着是从晨雾中走来

消失在某个无助的陷阱

活着就尊重和挑战一些人

活着就预备把自己当作别人的镜子

……

(《活着——自序》)

　　敏感的诗人，总是对生命与时间有着深刻的感受。卡夫卡曾言："生命之所以有意义，是因为它会停止。"可以这样理解，赋予生命意义的就是死亡。或者说，生是由死来定义的。有出生就有死亡，随着时间的流转，死亡某一天终会到来。人的生命不是一个活着的计时器，诗人不断思考着活着之于生命的意义以及如何更加坚定、美好地活着。正如诗人所言："时间是一台发动机/活着，天天推着我们向前/死了，坚定地为我们殉葬/并不像别人说的那般无情"(《时间（一）》)。对个体生命来说，时间并不是永恒的，但也不是无情的，问题在于我们如何善待时间。

诗人们很幸运，他们留出了与生命共处的美好时光——那就是诗歌的时刻。

诗集中，诗人既关注生命个体的意义，也不乏对人类整体前途命运的思考。在长诗《太阳，诚挚的父亲》中，我似乎听到了郭沫若《凤凰涅槃》的回响。诗中写道：

> 孩子啊，你们该知道
> 时间只记取一个物种的兴衰
> 不会在意你们彼此的恩怨
> 如蜘蛛编织的千丝万缕
> 我的热也只能温暖你们的肉体
> 却不能温暖量子状的灵魂
> 你们应该相濡以沫
> 在一切无可挽回之前
> 在心中酿造光
> 一起做拒绝黑暗的自己

是的，有黑暗，"光"的存在才更具价值。在生死关头，总有人站出来，冲在第一线，舍生忘死，遮风挡雨。"第一次／我想买下全城的玫瑰／不只献给热恋的人／也献给所有洁白的衣襟"（《我想买下全城的玫瑰》）。这是诗人献给战斗在抗疫第一线广大医护工作者的诗篇。

在抗疫斗争的特殊日子里，无数的志愿者，以实际行动践行着志愿者之歌，温暖着千家万户。"可每当夜幕降临/摘下护目镜脱下防护服/扑面而来的万家灯火/总让我震撼/它有星空的神奇广袤绚烂/还有股人世间特别的暖"（《特别的暖——献给所有抗疫志愿者的诗》）。诗集中还有类似《冬柳的一抹绿——写给因新冠逝去的老人们的挽歌》等诗，都表达了诗人对生命共同体的理解——爱比死更加坚强、阔大和壮美。正如英国诗人约翰·多恩在《没有谁是一座孤岛》一诗中所言"无论是你的还是你朋友的。/无论谁死了，/都是我的一部分在死去，/因为我包含在人类这个概念里"。

生命是一个大的舞台。在这个舞台上，出生、求知、死亡、探索爱、欲望与智慧，等等。当代诗歌勾连了生命舞台上的一切，并呈现出它们自身的独特性，或者还原它们本来的样子，治愈被日常生活所囿的衰老的想象力。

《蝴蝶梦》则可以视作一则短小精悍的舞台剧，诗人只从生活中信手拈来了一个读书场景，是真实的蝴蝶飞入书中，还是书中的蝴蝶被诗人唤醒？是蝴蝶的意象激发了诗人的想象,让书页化身蝴蝶而复活?

　　活生生一只蝴蝶

　　忽地从书中挣脱而出

　　它奋力扇动翅膀

　　划出一道弧线

　　瞬间没了影踪

　　身上抖落的七彩粉末

　　在阳光中以慢动作翻滚

　　如宣纸上氤氲的水墨丹青

　　又如乐队的五线谱飘在空中

不由得想到古老的庄周梦蝶场景。这首诗除了运用生活与诗歌本身的互文性外,我们还可以发现诗人对生活中戏剧性元素的巧妙撷取和化用,以及对命运之歌的捕捉。

诗人写下的不少作品是生活之诗,也是经验之诗,都是从个人的心灵棱镜中折射出来的。具体到每一首诗的完成,则有赖于心灵的敏锐、个人化的视角、细节的把握和语言的控制。

《我在烈日下拉着石头》是少年生活的诗性结晶。《老花眼》是中年岁月酿就的一壶美酒。《姑苏月》是和一轮姑苏明月在古今诗词中的温情回望与对话。《暴雨前后》则是因暴雨后草坪上杂草疯长而引发的思考和喟叹。

诗人有敏锐的触角和目及成诗的能力。他的诗歌总能迅捷回应当下现实和热点问题。比如，有写给时下在俄乌冲突中自杀的诗人、数学家的诗——《湖言乱语——献给数学家康斯坦丁·奥尔梅佐夫》，对战争给人性带来的戕害，诗人给出了鲜明的态度。凡此种种，诗人向我们证明了，当代诗歌依然有处理现实问题的能力。

诗集中的许多诗是诗人写给身边亲人的。诗在远方，更在近前。一饭一茶，看似日常，却考验诗人的眼力和笔力。这类诗，往往看似平易实难工，考验的是诗人对身边日常生活的观察、领悟、反省的能力。诗歌常常来源于诗人处理身边熟视无睹的经验时的灵光一闪，使得日常的情境，触发了灵感的开关。

我们来看看这首《最美的风筝》：

女儿身在他乡

如同一只风筝

飞在天上

风筝是风儿托起的

风儿不听我使唤

我只拽着一根线

线,绕在手指上

风,时而吹得紧

我能感到隐隐的痛

从指尖到心尖

她在云端飞舞

怎知她

真开心假开心

怕只怕线绷紧了会断

或者被树冠缠住

无论是她飞得更远

还是高栖在某个枝头

好像我都无法快乐

好像我又无可奈何

她是我亲手制作的风筝

一辈子的唯一

她在我心中最美

既盼她飞

又盼她回

　　这首诗中，诗人把女儿比喻成最美的风筝。他真切地写出了父亲对女儿的爱与关切。其实，爱就是那根风筝线，父亲对女儿的爱，更多的是牵挂与痛惜，呵护与不舍。同时，也有怜爱、距离与亲密，更有期待女儿高飞的祝愿。在一个孩子的成长过程中，父亲对女儿的影响是深刻的。培养一个自信、独立而有个性的女孩儿，自然需要来自父亲的理解、鼓励、包容与尊重。

　　类似的亲情诗，还有《我爱的人不曾告别——2022清明节云祭》《希望您看看我的诗集——父亲去世十周年祭》，等等。诗人善于从平凡家常的烟火气中提取素材，捕获诗情画意。有些诗眼的提炼尤其感人。比如，写岳母的那首《健康的心》，他将为神十三航天员出舱归来而频繁动容落泪的可爱老人，描摹得恍若眼前。再如，那首《驼背叔叔》，通过诗人的传神之笔，一位一生劳作，只求心安理得、正直躺下的驼背叔叔跃然纸上。

　　讽喻诗，是诗歌中一个奇特的品种，就如同漫画是绘画中的一个奇特品种一样。讽刺的目的，不仅仅是为了嘲笑或宣泄不满,更有寓庄于谐,针砭时弊,卒章显志,闻者足戒的美刺作用。

我们一起来读这首《一只名叫来财的猫》:

> 曾几何时
> 它比所有野猫都野
> 浑身洋溢江湖气息
> 打架斗殴家常便饭
> 偷腥耍滑圈中闻名
> 立志拒绝此生平庸
> 壮心所向:出猫头地
> ……
> 逢凶化吉茅塞顿开
> 一举改变曾经的偏见
> 其实人类没那么讨厌
> 无非是各有各的算盘
> 只要学会投其所好
> 野猫也可一飞冲天

讽喻诗,并不是说诗人拿着镜子只照别人,不照自己。作者也会适时地自我解嘲。比如这首《画展》:

> 出席画展开幕式

应邀淹没在嘉宾之中

一座城市的名流、金主

挤得水泄不通

长板凳上

屁股紧挨屁股

脑袋听屁股指挥

一坐下便统一立场

听说画家的画很贵

一幅顶我苦干一年

每年出产若干幅画作

早已被收藏家抢先买断

我既无眼力也无财力

却不曾忘记自身使命

跟着主持人热情鼓掌

绝不斀艺术繁荣的马腿

  在《英国接招合唱团》一诗中,看透世态人情的作者不无怜悯地劝道:"别装天真/快卸下虚伪/大地一张床/野兽共娇娘"。在《暗箭》一诗中,作者写出世间生灵皆会为暗箭所伤的无奈与悲悯，但有时伤害却是漫不经心造成的：

谁不曾被一支支暗箭

以漫不经心的样子

中的

恰如尼采曾言：当你凝视深渊时，深渊也在凝视着你。在《夜·灯·我》中，诗人坦承："我忽感害怕/疑惑地抬头/担心灯是夜的同伙"。这对有精神追求的诗人来说，确实需要对险恶的深渊保持一份警醒。

在这本诗集中，有部分风景游历诗，如：《武夷山的雨》《背背篓的神农架人》《恩施大峡谷》《早安，宜昌》等。几乎每一首诗中都隐藏着一个观察世界的独特视角，是一次人与自然、心灵与山水的或长或短的对话，为寻常的旅行经历注入了耐人寻味的文化体验。诗集中的《短歌行》和一些仿古体诗，收录了不少短小精悍的诗作，蕴含哲理，值得仔细品读。也有部分诗歌，比如大型晚会的朗诵诗、节庆主题诗等。由此想到这些年，我本人推脱了不少这样的邀约，当然不是出自诗人的清高，而恰恰是对自己能力与水平不足的自知。因为适合大型活动上朗诵的诗作，需要专门的采风、资料等前期准备，必要的技术训练和一定的舞台经验。作者创作的大型芭蕾舞剧《壮丽的云》主题歌《坚强的守候——献给两弹一星元勋及其幕后英雄》、《荣光——为苏宿工业园区建设十五周年而作》等诗歌作品,据说都有不错的演出效果,值得祝贺。

  诗集后记,实则为作者的诗学论文,足见作者对中西诗学理论的稔熟,以及对当代诗学问题的精深思考。对读者来说,可以起到诗文互证的作用,更好地帮助大家强化对作者诗歌作品的理解与鉴赏。

2023 年 10 月

自序

活 着

活是个瞬间

死才算永恒

因此活着是件司空见惯的事

活着注定迂回曲折

用记忆传说文字艺术坟墓科技

叫人死了还活着

活着也在为死摩拳擦掌

活着是从晨雾中走来

消失在某个无助的陷阱

活着就尊重和挑战一些人

活着就预备把自己当作别人的镜子

活着与死去一样难

知名或不知名的神统治生死两界

各有各的规矩

意义就在规矩之中

随时让人咎由自取

2023 年 6 月

目录

1 ...... 升旗仪式
2 ...... 游西夏王陵
4 ...... 一只名叫来财的猫
12 ...... 蝴蝶梦
15 ...... 乌镇戏剧节
16 ...... 飞机在云端穿行
19 ...... 画展
21 ...... 十九点半的太阳
23 ...... 台风"烟花"插曲
26 ...... 店铺里空空荡荡

28 ...... 陌生小伙

30 ...... 手术室外

32 ...... 英国接招合唱团

34 ...... 最美的风筝

36 ...... 荣光

42 ...... 老花眼

44 ...... 我在烈日下拉着石头

47 ...... 篮球游戏

50 ...... 太阳,诚挚的父亲

57 ...... 煤球

59 ...... 大雪

61 ...... 悬棺

62 ...... 海花岛

64 ...... 值班路上

67 ...... 一则新闻

69 ...... 午餐时间

72 ...... 冰雪美人

74 ...... 媒人

76 ...... 我想买下全城的玫瑰

79 ...... 特别的暖

81 ...... 夜·灯·我

83 ...... 竹林之爱

85 ...... 三间瓦房及简明当代史

87 ...... 你磨出的稻米又香又甜

91 ...... 不能忽视种子的存在

94 ...... 我爱的人不曾告别

97 ...... 姐夫

100 ...... 湖言乱语

103 ...... 一片茶叶的旅途

106 ...... 健康的心

109 ...... 我看见一只鸟捕捉雪花

112 ...... 驼背叔叔

114 ...... 这个假期我们哪儿都不去

117 ...... 三亚的第一印象

121 ...... 暗箭

122 ...... 坚强的守候

124 ...... 每颗星都是燃烧的烟头

128 ...... 日子被刀子割过一样

130 ...... 我走在积水的路上

133 ...... 穿过大半个中国呵护你

136 ...... 山头一片洁白

138 ...... 隐秘的光

140 ...... 我错过了一场暴风雨

142 ...... 爱上屈原的一个理由

145 ...... 醋意

147 ...... 希望您看看我的诗集

149 ...... 青春之城

151 ...... 泥巴墙

153 ...... 我们是时间的花朵

155 ...... 宝玉来了

159 ...... 寒意知秋

161 ...... 告别

163 ...... 白鹭

166 ...... 面对青春期的孩子

168 ...... ABC

171 ...... 99.99 的纯净

173 ...... 我在享用蔬菜沙拉

175 ...... 养狗

177 ...... 幸福的堵车

180 ...... 匆忙的脚步

181 ...... 阳了

183 ...... 吹着口哨穿过小区

185 ...... 疫情中题友人照片

187 ...... 印象主义的纽约

189 ...... 冬柳的一抹绿

192 ...... 扬州扬州

194 ...... 当代孤独

196 ...... 炉火中的雨点

198 ...... 白云之下弥漫着幸福

201 ...... 各有各的幸福

203 ...... 请把我当作宠物来养

205 ...... 如果每颗心向着太阳

207 ...... 月亮上寸草不生

208 ...... 肥肠

211 ...... 心中的红砖厝

213 ...... 说说心里话

214 ...... 画家叶鸿平

216 ...... 边吃黑豆边看书

218 ...... 随感

219 ...... 我要向史记要个列传

221 ...... 以戈止武

223 ...... 只想做点有意义的事

225 ...... 武夷趣话

227 ...... 武夷山一线天

230 ...... 高铁上

232 ...... 武夷山的雨

234 ...... 我没有写好一首诗的气力

236 ...... 野百合

238 ...... 为黑夜说

240 ...... 姑苏月

242 ...... 致敬

243 ...... 缺血的腿部

246 ...... 暴雨前后

248 ...... 梅雨季节

250 ...... 夜幕下的湖畔歌手

252 ...... 以此类推

254 ...... 背背篓的神农架人

256 ...... 早安，宜昌

258 ...... 轻车已过万重山

260 ...... 恩施小酒厂

262 ...... 恩施大峡谷

265 ...... 台风"杜苏芮"

267 ...... 野鸽

270 ...... 鞋展

272 ...... 杯子

273 ...... 金银滩(组诗)

280 ...... 你的幸福蛊惑了我

283 ...... 山峦起伏,仰面朝天

285 ...... 让我唱歌给你听

287 ...... 眼泪

288 ...... 杂感·无题

290 ...... 聪明的风

292 ...... 轮子

294 ...... Chinese power

296 ...... 找工作

297 ...... 点击二斤猪头肉

299 ...... 观影之后

301 ...... 天上

302 ...... 必有千里马错过千里

303 ...... 而我喜欢极夜

304 ...... 短歌行

337 ...... 除夕

338 ...... 由浦东望浦西

339 ...... 水坊路即景

340 ...... 2022年夏

341 ...... 壬寅年中秋

342 ...... 山下方塘

343 ...... 田园采摘记

344 ...... 2022圣诞夜纪事

345 ...... 悼同乡星云大师

346 ...... 游宜兴

347 ...... 赠友王东

348 ...... 登天游峰即兴

349 ...... 武夷神石

350 ...... 癸卯年中秋望月

351 ...... 登温州江心屿

353 ...... 后记

升旗仪式

我在天安门广场托举起他
此刻应该刚好是大海托举起太阳
士兵的皮靴准点奏响紫禁城中线
我的身躯随之血脉偾张
竟忘了上一次托举起他的时间
以至肩膀正承受难以承受的重量
他说看到了看到了
我被背影和汗滴遮断的眼眶
也看到了看到了
黑压压的人群之中
我将自己的延长线挺举在半空
仔细观察五星红旗如何升起
并从不远处的纪念碑上
拓下"人民英雄"四个字
永久收藏

游西夏王陵

做一回英雄
于诗书之外
张开双臂
揽贺兰山入怀

苍鹰云端盘旋
如同王的令旗
传三军安营
三水河边
横吹婉转
女人和烈酒帐中发酵
两种酣畅
一片豪情

敌阵就在前方
姓"夏"姓"宋"

不用多言

都交给弯刀利箭

一论高低

动感的骆驼

比我听得更远

马,宁愿放弃风

随葬于九泉

星光下餐草饮露

长鬃掠过篝火

铁蹄余烬斑驳

生死一回

够我踏破山河

战鼓如雷

扬我泣血悲歌

有人在广场祠堂重塑金身

有人在荒漠大冢励志千年

唯大地不弃

不论是非成败

只问可曾深爱

一只名叫来财的猫

与所有野猫不同
它感觉自己不野
只要伸伸爪子
便可触及文明

它在小区广场转悠
听居民们东拉西扯
透过闲言碎语
领悟世故人情

小朋友们玩得高兴
冷不丁踩着它的爪子或尾巴
原以为它会本能地报复
没承想它一副自责的神情
仿佛在说
怪俺挡道

踩得有理

它换个地方坐下
用舌头自我疗伤
满脸无怨无悔
家长们看在眼里
不禁感动于心
一致夸奖它谦逊淡定

无人关心其真实来历
人们已习惯称它"来财"
拍照上传奉其为网红
争相攀比乐善好施
它一日三餐渐渐奢靡
偶尔能尝到鲍鱼鱼翅
虽然不那么切合口味
却眼红煞了其他猫兄猫妹

温饱之余一日三省
它戒骄戒躁提醒自己

成功之道在于舍弃野性

曾几何时
它比所有野猫都野
浑身洋溢江湖气息
打架斗殴家常便饭
偷腥耍滑圈中闻名
立志拒绝此生平庸
壮心所向:出猫头地

某日认真梳妆赶赴约会
可刚蹿出草丛就被莫名撞飞
事后常常唏嘘不已
感谢电动自行车
要是碰上汽车
……真就完了

车祸后四肢不勤脑瓜发木
食不果腹毛不遮体
就连昔日相好的兄弟姐妹

也视其为反面教材

世态炎凉叫猫心碎

它对同类彻底失望

又不敢对人类抱以信心

他们随手扔掉最好的食物

却蔑称那是餐厨垃圾

且用塑料袋封得严严实实

连老鼠也感叹无计可施

它已做好最坏的打算

时刻准备与世长辞

放下理想放下戒备

只想找个称心的墓地

鬼使神差它来到广场

这里阳光明媚无遮无挡

顾不上那些厌恶的目光

席地而卧坠入梦乡

不知睡过几个太阳

睁眼时天空斜挂着月亮
蒙眬中它感到一丝异样
好像有只手摸在身上
内心不免一阵恐慌
下意识叫它奋起反抗
可手脚根本不听差遣
整个人像被掏空了一样
它急中生智决定装傻
偶尔轻轻"喵"几声
好让人误以为在说胡话

这个人由此得寸进尺
竟把它当成了倾吐对象
天底下怎有这么温顺的猫
我老婆要这样该有多好
股市大跌她只顾抱怨
哪管行情何等糟糕
明天收盘将见分晓
强制平仓怎么得了
怕只怕连累一家老小

饥饿与伤痛潮水般袭来
它忍不住发出一串呻吟
此人却认定它善于倾听
相见恨晚如遇知音
无边委屈如滔滔江河
把它折腾到半夜三更

来日它已苟延残喘
夕阳西下噩梦连连
值此命悬一线之际
一阵旋风刮到了眼前
着实把它吓得不轻
强睁双眼看个究竟
依稀辨得正是昨夜来宾
只见他满面红光笑意盈盈
利索地打开一罐猫粮
掰碎两根进口香肠
说道:快吃快吃,我的菩萨
今天我的股票一字涨停
一定是你让财神显灵

关键时刻拯救我身家性命

它强撑起身子慢慢舔食
样子如同病中西施
无意中倒平添几份矜持
惹得这位先生倍加怜惜
感叹这份优雅值得学习
他说你大概还没有自己的名字
就让我叫你"来财"好吗
但愿你常为我
带
来
财
运

一只野猫有了自己的名号
如同一个人有了官方爵位
更何况此名如此讨巧
谁都愿与一只招财猫交好
人们唤它"来财""来财"

也是在为自己讨个口彩

连续几日精心照料
来财身体日渐转好
逢凶化吉茅塞顿开
一举改变曾经的偏见
其实人类没那么讨厌
无非是各有各的算盘
只要学会投其所好
野猫也可一飞冲天

蝴蝶梦

深秋,周末
二楼露台早醒
朝阳越过树冠
寻藤椅叙旧
我睡眼惺忪闯入
略显突兀

几卷诗书
半开半合
堆在墙角
似嗑剩的瓜子
等人眷顾

我随手翻开其中一册
眼前不期而遇四个字
"一只蝴蝶……"

恰此时

书似灵魂附体

不停颤动

又感到一阵撕裂

如强风推开门户

活生生一只蝴蝶

忽地从书中挣脱而出

它奋力扇动翅膀

划出一道弧线

瞬间没了影踪

身上抖落的七彩粉末

在阳光中以慢动作翻滚

如宣纸上氤氲的水墨丹青

又如乐队的五线谱飘在空中

枯坐许久

品味一只蝴蝶的选择

猜想它是冒失还是故意

竟钻进这本诗书蛰伏

莫非诗行中的那"一只蝴蝶"

曾向它发出召唤

而它欣然响应

要一起应对孤单、寂寞

后悔,坏了它俩的好梦

不远处就是凛冽的寒冬

乌镇戏剧节

伏尔泰果戈理

矛盾老舍欧阳予倩

一寸光阴中

桨声棹影里

千年乌镇

美得惹是生非

古今多少事

赶集似的

如你我

挤进茶馆剧院

共沉醉

飞机在云端穿行

临窗而坐
向外张望
万米高空
不见鸟
不见城堡

稍顷入梦
恍若置身天国
仙界宽敞
无酒店
无商场
无道路桥梁
座座神殿
矗立白云之上
可惜门可罗雀
得道成仙者本就寥寥

又有清规戒律

不能出门闲逛

诸神年龄偏大

动辄千岁以上

不食人间烟火

懒得儿女情长

诞不出新生儿

天国人口负增长

各自百无聊赖

豢养不少宠物

个个神通广大

玉皇遂群发《西游记》

作为必读书目

严令以牛魔王等等为戒

对宠物严加管束

免其祸害四方

小小云朵

是共享单车

神们非必要不出行

行则驾云而往

也曾引发几起事故

故天国出台新规

不得妨碍交通

须保过往客机无恙

画　展

出席画展开幕式
应邀淹没在嘉宾之中
一座城市的名流、金主
挤得水泄不通

长板凳上
屁股紧挨屁股
脑袋听屁股指挥
一坐下便统一立场

听说画家的画很贵
一幅顶我苦干一年
每年出产若干幅画作
早已被收藏家抢先买断
我既无眼力也无财力
却不曾忘记自身使命

跟着主持人热情鼓掌

绝不蹩艺术繁荣的马腿

十九点半的太阳

十九点半的店招铮亮

尕张娃家的羊肉传来浓香

远方在朋友圈里

夜幕降临雨脚如麻

而太阳在西宁烧得正旺

三千米左右海拔

把天空削去一截

露出一座大城

屹立于丘壑、草场

一点干燥一点缺氧

西宁裸露在紫外线中自我消杀

买一张机票躲过几场雨

正好除去些湿气

以及发酵的疲惫、发霉的思想

明天从这里出发

一袭轻装

去青海湖茶卡敦煌

问候连绵山头

以及地肤、黄杨

台风"烟花"插曲

(一)

朋友在圈中晒图

小区里飞来几只天鹅

疑为天外来客

我一看,乐了

这不正是咱桃花岛丢失的宝物吗

趁着"烟花"开、水位涨

她们私自下凡

乐享人间逍遥

好在咱常态化素质教育抓得紧

她们没做玉面公主

做了九仙女

可尽管没干坏事

也不能破了规矩

我这就请太上老君出面

把她们收了

哪儿来回哪儿去

（二）

太上老君来啦

来收九仙女

居民区河道纵横

太上老君追东赶西

九仙女闪躲挪移

道高一丈魔高一尺

本是天神之间的混战

没承想

几天来九仙女已结下俗缘

拥有了一批粉丝

每当太上老君快要得手

就有人给她们通风报信

"天鹅,快躲

追你的人来了"

打开现场视频

听到的是此起彼伏的童音

哎

太上老君与九仙女

将我教育了一番

什么叫"人心向背"

太上老君是桃花岛管理员

我在想

该不该给他们发点奖金

店铺里空空荡荡

阳台没有月光
猫遁入纯净的夜
睡眠无法进入睡眠

你一定睡着了
在深夜与黎明之间徜徉
可我进不了你香甜的梦
却奢望
看一眼你酣睡的脸庞

儿行千里母担忧
父亲总一副看客模样
平常甩手掌柜
一抬头
忽发现店铺里空空荡荡

岁月平淡似水

今天算是一座里程碑

昨天对你说的勇敢

此刻不过皇帝的新装

无法相信你已长大

我也并没老

却渴望

有一个可以依偎的肩膀

陌生小伙

陌生小伙
痛哭在住院部门口
一起抱头痛哭的
还有母亲一样的人
兄弟姐妹一样的人

按照要求
患者住院只能少许人陪护
他们在泪水中挥手
仿佛生离死别

我正巧去看望病人
他走在我前面
被一个穿白衣的小伙搀扶着
脚步踉跄、一路抽泣
令我涌起莫名的忧愁

不愿猜测他究竟得了什么病

只是在想

太年轻了太年轻了

好日子刚刚开头

隐约听白衣小伙说

快擦干泪

打起精神

等会儿进了病房

要让你的未婚妻

看到你笑容

手术室外

菜场与医院隔开一条街
我与手术室隔开一道门
鸽子在等缝合的伤口
天空在等一抹白色

我与你隔开一针麻醉
器官与标本隔开半小时
护士在等家属签字
长廊在等一部推车

机器运转多年
零件由好变坏
切切割割拆拆补补
调整运行模式
卸载过时软件

病床在等足音

徘徊在等沉睡

痛在等爱

现在在等未来

英国接招合唱团

不停爱

不停反悔

不停哭

不停回味

不停唱

不停变换衣装

让你想起

裸身的夜

过早来临的黎明

让你悲哀

曾经的放纵

不知可否重来

举起手

在歌声中摇摆

所有人

将自己打开

钻进你的怀

才能点亮星空

个中妙趣

不只情在作怪

别装天真

快卸下虚伪

大地一张床

野兽共娇娘

你搅动海

海汹涌爱

最美的风筝

女儿身在他乡
如同一只风筝
飞在天上

风筝是风儿托起的
风儿不听我使唤
我只拽着一根线
线，绕在手指上

风，时而吹得紧
我能感到隐隐的痛
从指尖到心尖
她在云端飞舞
怎知她
真开心假开心

怕只怕线绷紧了会断

或者被树冠缠住

无论是她飞得更远

还是高栖在某个枝头

好像我都无法快乐

好像我又无可奈何

她是我亲手制作的风筝

一辈子的唯一

她在我心中最美

既盼她飞

又盼她回

（发表于《诗选刊》2023年第4期，有改动）

荣　光
——为苏宿工业园区建设十五周年而作

春秋末期
楚国下相人伍子胥奔吴
筑阖闾大城
助吴王成就大业

公元前 209 年
大秦帝国泗水郡下相人项羽
起兵于会稽
揭开反抗暴政楚汉相争的历史画卷

下相
正是宿迁的古称
而吴国国都、会稽郡治

正是今天的苏州

吴语与楚歌

楚风与吴韵

就这样在岁月深处交融

汇就雷霆万钧之势

纵横捭阖、气吞山河

我仿佛看见一束光

从历史照进现实

这束光照亮一座桥

从黄河故道飞架太湖之滨

这束光照亮一艘船

从金鸡湖畔驶向骆马湖边

这束光照亮 2006 年的那个清晨

苏宿携手

开辟共建合作新纪元

同饮运河水

双 SU 比翼飞

在中华民族伟大复兴的征途上

苏州与宿迁、宿迁与苏州

正重新诠释肝胆相照风雨同舟

我们在古运河的波光中启航

（十五年，我们用脚步丈量大地）

我们在宿迁的沃土中成长

（十五年，我们用青春擦亮荣光）

我们以古典园林的精巧双面绣的绝活

我们以苏北人的豪情宿迁人的胆识

在宿迁大地崛起一座活力新城

在黄淮之间绘就一幅迷人画卷

有时候

我觉得十五年太短太短

（朝如青丝暮成雪）

多少往事恍若眼前

有时候

我又觉得十五年太长太长

为了一幢幢建筑如期竣工

亲手制作的文书太长

为了一个个项目顺利落地

披星戴月的旅途太长

为了一方百姓的祥和安宁

曾经坚守的寒夜太长

为了八百里外的那份牵挂

独自陷入的沉默太长

当孩子好奇地询问妈妈

姑苏城外寒山寺

夜半钟声到客船

可爸爸的客船几时回

当生病的父亲对你说

放心吧,别耽误工作

我会自己照顾好自己

当妻子在电话那头给你安慰

而你竟无语凝噎

这一刻,我想知道

是否有个声音在你耳边回响

力拔山兮云飞扬

不辱使命兮归故乡

是的
当明月高悬、夜深人静
我的确会想起远方的亲人
可是,还好
还有你——
热情善良的宿迁人民
是你,你们
总给我家的感觉

家,一个多么温暖的名词
我爱温暖的"小"家
可我更爱"大"家
因为我知道
没有苏北小康就没有全省小康
没有苏北现代化就没有全省现代化
十五年,我与苏宿园区共成长
我懂得了所谓忠诚
就是哪里有祖国和人民的召唤

就该在哪里生根开花

我理解了所谓担当

就是哪里有放飞梦想的舞台

哪里就是我的第二故乡

苔花如米小

也学牡丹开

我们用点点微光汇成灿烂星河

我们用星星之火汇成璀璨荣光

人人发光

再续荣光

老花眼

眼睛老花了

越近越模糊

终于有个合适理由

不必埋头读书

抬头思索

岁月似层楼

童年在最底层

目光止于岁末年初

穿新衣走亲戚好吃好喝

少年上了小二楼

想着十年寒窗后

上大学转户口

成人后急着谋划一辈子

娶妻生子出人头地

没工夫思前想后

及至年过半百

快要接近顶楼

发现一些曾经看重的东西

其实可有可无

一些随便舍弃的东西

拽也拽不回头

老花眼便来得恰当其时

舍近望远

反倒生机勃勃

近处是人生终点

远处不只来时的路

老花眼不踌躇

越过地平线

望向新大陆

我在烈日下拉着石头

我在烈日下拉着石头
石头躺在双轮车上
双轮挣扎在车辙里
车辙镶嵌在泥巴路上
自河边蜿蜒
缓缓爬向叔叔家的宅基地

叔叔告诉我
盐碱地上造房子
必须用石头打根基
石头从船上卸到岸边
得省从岸边运往宅基地的钱

那时我十五六岁
身高刚过一米六零
先是帮叔叔推车

后来便亲自披挂上阵

暑假是干活的好时节
从容过平常放学后的披星戴月
太阳将我的肤色烤成黝黑
我将一车车石头运出两华里

石头其实不重
是我的车子重
车轮其实不慢
是我的步子慢
汗水印在背心上
如同盐碱地里下雨
晒干了还是盐碱地

好像当时并未感觉累
睡一觉就能满血复活
倒是胃口大开
韭菜炒辣椒
辣椒炒韭菜

一顿干下三碗饭

寒假返乡过年
姐姐们愣没认出我
这谁,咋这么黑
父亲摸摸我粗壮的胳膊腿
喃喃自语
盐碱地上造房子
必须用石头打根基

篮球游戏

辛丑年农历十一月十六日
漫步李公堤
昂首李公亭
明月在右
九龙仓在左
九龙仓形似篮球架
圆月是球

我想灌篮
不要三分球
沿金鸡湖西岸北向奔跑
持球切往篮下
打算飞身隔湖暴扣

这是四个人的游戏
月亮、九龙仓、金鸡湖和我

金鸡湖在防守

观众围在四周

眼睛是华灯初放的窗口

靠近篮筐了

我突然变速、跃起

双手握球

狠狠地将它

扣向篮口

我以为十拿九稳

两分到手

可不知何故

球却突然停在半空

始终不肯下落

久久悬在九龙仓顶部

没有得分

观众沉默

也罢也罢

至少我已游戏了一番

身子轻快了许多

太阳,诚挚的父亲

嗨,我是父亲

你们通常不愿直视的父亲

此刻,思绪万千

我把一颗最美的星球

充满空气阳光和水

注入一切爱的基因

悄悄赠予你们

我安抚好了岩浆与地壳的情绪

在海枯石烂中开垦绿野桑田

选择让恐龙剑齿虎灭绝

为你们清空难以抵御的天敌

让万物臣服在你们脚下

其实我是肉眼可及的

一切阴晴圆缺的父亲

一切暴风骤雨的父亲

一切生老病死的父亲

也是日历中没有周末的父亲

黎明时从未迟到的父亲

夜幕下不曾合眼的父亲

胸前从不悬挂勋章的父亲

但今天

我要诚挚地告诉你们

你们是我的中年得子

你们才是我心中最爱

我看着你们蹒跚学步

好奇地打量镜子中的自己

看着你们读书识字

仿佛渐渐懂得了生命的意义

看着你们繁衍生息

仿佛世间不再有夭折的陷阱

我将后羿的箭伤隐藏在臂膀

将赫利俄斯的过失揽在身上

为你们驱散严寒

料理庄稼和花园

打扫出一片洁净的天空

储存下足够多的黄昏和黎明

我曾告诉邻居们

告诉银河仙女猎犬乃至整个宇宙

你们是我孕育的最棒的生命

不仅有楚楚动人的眼睛

更有无与伦比的聪慧

你们爱自己和他人

拥有动人的歌声和曼妙的舞姿

你们孝顺并为我建立祠堂

常为我洒下晶莹的热泪

你们是我的自豪和骄傲

是我孕育的最棒的生命

可是,孩子

作为不善言辞的父亲

现在我真的如鲠在喉

我想赶在你们翎羽丰满之前

赶在你们忘记祖先的苦难

和自己的籍贯之前

赶在你们拥有一身武功

时刻准备无情地消灭对手

而幻想独享诺亚方舟之前

赶在你们创造更大的智慧

而它却能轻易反杀你们之前

赶在你们揭开黑洞与神的秘密之前

我的自言自语抑或怒吼

源自震惊焦虑困惑和预立的遗嘱

是我从遥远星际听到的诅咒

是关于你们自以为是的一切

一切以我的名义犯下的过错

一切在我照耀下收获的辉煌

而今正来到充满诱惑的拐点

你们征服了虎豹豺狼

又开始征服同类

你们把牛排和面包倒进垃圾桶

而放任不远处饿殍遍野

你们吸干大地黑色的血液

以及暗藏火的气息

你们将炙热的高温

和狂躁的飓风改写成我的暴戾

你们以团伙的方式绑架群殴

将撒谎欺骗抹黑监听

自诩为帝国或政客的荣耀

你们将躯体异化为享乐工具

自恋自虐通奸乱伦毒品麻醉

任欲望的饕餮吞噬良知

你们之中总有那么些人

让我的眼睛害羞蒙尘

你们的眼中写满怀疑

如同荷尔蒙引燃青春的叛逆

其实一切才只是开始

却已遗忘茹毛饮血的滋味

曾经的纯真渐成荒漠

灵魂的饥荒星火燎原

喧阗的嗓音代替正义

漂亮的裙裾装裱忠贞

你们克隆自己也克隆父亲

发射架上却装满杀死母亲的利器

你们相信虚拟而怀疑现实

千方百计探听外星回音

却漠视一次次急促的警铃

有时，我会陷入深深的自责

你们在一个人的学校日夜自习

没有同学班长辩论赛田径运动会

你们在孤单中自闭狂妄自私

而我却无力在另一个星球复制你们的传奇

我只能以我的目光所及提示你们

黑暗正在你们周遭生长

命运的断崖就在你们脚边

深海加速集聚反叛的潮头

菌群日夜筹建鹅膏状的毒瘤

十面埋伏的陨石伺机来袭

核子风暴时刻准备屏蔽天际

而你们

仍在我的溺爱中沉醉

如同群鹿无法预知山火

蜂巢无法预知熊迹

孩子啊,你们该知道

时间只记取一个物种的兴衰

不会在意你们彼此的恩怨

如蜘蛛编织的千丝万缕

我的热也只能温暖你们的肉体

却不能温暖量子状的灵魂

你们应该相濡以沫

在一切无可挽回之前

在心中酿造光

一起做拒绝黑暗的自己

煤　球

十来岁的时候
我学会了将煤块捣碎
用一定量的水搅拌均匀
然后将它压进专用模具
再以圆溜溜的形状推出来
置于阳光下暴晒

一番操作后
煤长成了煤球
水和阳光没有改变它的命运
而是送它最后一程
走进厨房，等待成灰

煤是生物化石
但如果没有水和阳光
它就不能成为生物

更不能成为化石

作为回报

煤借煤球炉燃烧自己

将所欠一笔还清

终于无愧于心

它的报恩之举

却被我利用了

用来炒菜做饭烧水

而我只是将煤变成煤球

如同赠予它一套寿衣

我原本也是块棱角分明的化石

如今变成了圆溜溜煤球的样子

却不知下一步

如何回馈阳光和水

大　雪

湖边稍息

手机上跳出"大雪"二字

太阳也看到了

从云里钻出来

洒下一团波光

在湖面闹腾

如同热乎乎的鱼汤上

洒下胡椒粉

大雪飘飞的记忆

比胡椒粉更加热辣

禁不住想起小时候

"节气"常挂在大人嘴上

说惊蛰就虫蛇出洞

说芒种就布谷声声

说谷雨就下田犁地

说大雪就雪花纷纷

如果说日子是鱼汤
那年味就是胡椒粉
"大雪"来临
胡椒粉开始往汤里洒
年味也便越来越浓

可如今
这天空哪有下雪的迹象
几朵云偶尔遮断阳光
如同几个孩童过家家
练练想象力罢了

建议改一改老祖宗的历法
不妨将"大雪"删掉
以免见字如晤
搅动一副愁肠

悬 棺

把棺材弄上悬崖
土家人再不用扫墓了

逝者的灵魂安居绝壁
如一只鹰
外出觅食
或回家看看
十分方便

他们闲来无事
在洞口
晒太阳
数数来来往往的船
听甲板上的观光客
聊感想

海花岛

谁算过
十万万张百元纸币垒起来多高
我算过
因为我去过海花岛

海花岛是从海底长出来的
是海面长出的青春痘
绝经的南海长不出
拿钞票当激素

这朵南海之花
绽放了便不再凋谢
如同注射了防腐剂
花朵长着巨大的胃
童世界海洋公园
苏州街欧美风情

美术馆酒店温泉演艺中心

谁叫她心动

谁就逃不脱

艺术家打造巨形雕塑

——大象、蓝鲸

寿命长、体形大

恰好切合恒与大

抑或指桑骂槐

大象蓝鲸简单快乐

反倒有恒与大的气派

而人呢

钱能把你捧起来

也能把你压趴下

值班路上

元旦

湖畔清晨漫步

一切似乎因新年而新

天空多云

如巨大的筛子托起朝阳

每走一步

筛子便晃动一下

筛眼中就嗖嗖地漏下光

细沙金黄

翻腾在墨绿色的湖上

水鸟好像多过往常

有的独自觅食

有的成对成双

有的从身后忽地掠过头顶

在耳旁一声鸣叫

误以为熟人打招呼

嗓音沙哑

临近艺术中心

忽见一抹光镶嵌在大珍珠边缘

如同夜明珠照亮皇冠

刷新着熟悉的印象

昨夜在这里

人们用交响乐辞旧迎新

年与年

驻在同一条奔腾的河

却好像隔着一道闸

有了音乐

时间便柔软而富弹性

流转起伏雅漾铿锵

如同热水泡着茶

颜色味道全变了样

来来往往

貌似相同的路

却没法厌倦它

一则新闻

它板着面孔说

2021,中国

出生一千多万

死亡一千多万

如读财务报表一般

一千多万个喜悦

一千多万个悲伤

都省略了

剩下净利润

人口净增48万

隐隐的痛在于

这笔账明年将亏损

中国人口负增长

我不愿在伤口上撒盐

强咽下去一句话

想出力时你不让

现在

我已帮不上你的忙

午餐时间

吃着盒饭

书是辣椒酱或醋

调节口味

没有质检部门把关

故口感参差不齐

我也是一派主观

不对胃口的就囫囵吞枣

对胃口的就细嚼慢咽

没人知道我的偏废

刚好留给作者尊严

诗人们不容易

诗不如歌

歌不如星

一群白纸黑字

汇集在一本册子里

隔壁隔、面对面

如同住进杂货铺

看起来济济一堂

却互不相识

各自端着架子

我便成了交际花

左右逢源、招蜂引蝶

难免遭遇一见钟情

忍不住以身相许

与他同行一程

共赴美好风景

人世间的绝妙处

有人凭金钱地位独享其有

有人凭高科技虚拟重构

有人很原始

仅凭想象和文字

创建元宇宙

半小时
一群人排队候着
捧出奇花异景、奇思妙想
等你品
比上班累
容易犯瞌睡

冰雪美人

——写在 2022 北京冬奥会开幕之际

白雪飘啊
我的花儿开了
白雪飘啊
我的春天到了

我是冬的孩子
叫我冰雪美人好了
我不是公主也不是女王
我有着东方的北国风光
我的伙伴多呀
像遍野的雪松一样
茫茫雪原，起伏的冰场
我像风，自由徜徉

越清凉越清醒

我不会迷失方向

越惊险越刺激

我渴望爱得疯狂

和我约会吧

在古老的长城脚下

一起追逐吧

拥抱奥林匹克梦想

离别时我的心将会融化

这冰雪情缘

我用一生珍藏

我是冰雪的孩子

叫我冰雪美人好了

媒　人

只见过一面
她没相中他
他也没相中她

约会前,媒人
把她夸得天花乱坠
把他夸得天花乱坠

若干年后
他们碰巧同桌用餐
媒人心犹不甘
说:你俩现在都不错
但如果当初选择在一起
一定会更好

都知道人生没有假设

但他俩还是不约而同

起身给媒人敬酒

我想买下全城的玫瑰
——写在壬寅年正月十四全员核酸检测现场

在所有的情人节里
第一次,作为资深情侣
我们长时间保持一米距离
不在人群中携手并肩
不用快如闪电的吻
暴露心中流淌的甜

汇集在小区中央
一户户一家家
仿佛大大小小的果子
挂在枝繁叶茂的树上
我喜欢看有情人终成眷属
眷属们长着幸福的模样

可昨天计划好的花式浪漫

一夜间换了剧本

我们按照最新指令

齐刷刷地站成一股绳

等待一场战役前的检阅

或者一场拔河比赛的开始

我们是苏州

对手是疫情

料峭的风中僵持

冷,唤起热唤回清醒

每个人都是影响胜负的关键

一步步一米米

一群白大褂正离我们越来越近

我感觉天秤悄悄随之倾斜

他们和我们一起

站在胜利这边

第一次

我想买下全城的玫瑰

不只献给热恋的人

也献给所有洁白的衣襟

特别的暖
——献给所有抗疫志愿者的诗

小时候

老家的村子很大

装下了整个童年

除了夜晚的星空之外

再没什么更神奇的画面

能让我那般着迷

长大后

老家的村子很小

只够装下一缕乡愁

除了夜晚的星空之外

再没什么更广袤的所在

能让我犹豫踯躅

再后来

我落户他乡

这里不大不小

刚好装下了我的生活

除了夜晚的星空之外

再没什么更绚烂的景色

能让我依依不舍

这几天

春风里装着冷

生活瘦成一根线

系在家与防疫点之间

可每当夜幕降临

摘下护目镜脱下防护服

扑面而来的万家灯火

总让我震撼

它有星空的神奇广袤绚烂

还有股人世间特别的暖

夜·灯·我

伸手打开吸顶灯

阳台骤亮

夜,后退数步

像瞬间受到惊吓

又像是某种妥协

我在明处

夜在暗处

彼此凝神对视

时间越久

夜越发冷静沉着

仿佛看清了我的孤独

却不妄动

耐心蛰伏

如群狼将我围住

只等一个疏忽

便一拥而上

瞬间将我吞没

我忽感害怕

疑惑地抬头

担心灯是夜的同伙

竹林之爱

竹林最温柔的时候
是笋刚刚钻出地面的时候

竹子的腿比长颈鹿的脖子还长
可任凭风吹雨打
哪怕折断关节
也像钉子钉在地上
因为他们担心
笋会被自己的长腿误伤

笋又小又嫩
依偎在竹子身旁
整个竹林是座幼稚园
一群大人照看几个孩童
师生比常常倒挂
可没人想着报酬多寡

也不打探谁是谁的孩子

更不关心谁将被谁顶替

他们只按早已达成的默契行事

用整片竹林的力量

呵护每只笋

让他们快乐健康地长

三间瓦房及简明当代史

我路过三间瓦房
是小时候住过的地方
记忆中它非常阔绰
在村里可算数一数二
如今站在年轻人中央
一副瘦小羸弱的模样

这房子是我父亲建的
兄弟分家时
爷爷将它划给了老大

爷爷生了几个儿子
前行路上不让一个落下
他知道谁相对能干
就故意给谁少分些家当

父亲外出经商办厂

重新择地建房安家

余钱都花在了子女读书身上

他的几位兄弟

早早让孩子们务工挣钱

上学时间都不算太长

如今老一辈的人都走了

堂兄妹们的日子都过得不差

前几年纷纷给我打来电话

都是为孩子考大学的事

托我在城里找人帮忙

你磨出的稻米又香又甜
——致王国平先生

上网去查王国平

网上有数不清的王国平

有当大官的

有当经理的

有当学者的

有当主任编辑的

行

看到主任编辑就行

大概就是阁下了

目前在某权威媒体工作

既是个官

也考虑经营

也给学生做讲座

也做编辑

看来

人和马儿相似

健康的

能扛的东西就多

能拉的车就重

累了

会有人用鞭子抽你

抽你的人

自己不推磨

我之所以上网找你

正是出于好奇

早听朋友说

你很健康

负重的本领比一般人强

且不用扬鞭自奋蹄

最近偶然的机会发现

你不仅干好了分内的活

还既扬鞭又推磨

磨出的稻米又香又甜

你是勤快人

不待我开口

便主动来帮忙

在我贫瘠的打谷场

你一眼能辨出饱满的颗粒

然后用轻柔的咀嚼

剥开它的秘密

坚定我的信念

你是善良的人

同情粒粒皆辛苦

又很敏感

总念着遥远的种子

你我素未谋面

却好像被同一缕阳光晒过

被同一阵风儿拂过

根埋在同一片土地

汲取着同一种营养
那个叫"父爱"的物质

当然,对我来说
"王国平"目前仍是个符号
没电话没微信
但不妨套用你的话
都说"热爱可抵岁月漫长"
足够热爱终将见面

不能忽视种子的存在

在这个春天
除了肆虐的病毒之外
不能忽视种子的存在

病毒是从潘多拉魔盒逃出来的
必定做贼心虚
竭力伪装成你我熟悉的样子
桌子、椅子、风或电梯
甚至伪装成种子
伺机潜入我们的身体
然后自私而快乐地繁殖罪恶

这种行为令人不齿
它试图改变我们对于许多事物的看法
掏空春天的诚实
可无论它多么阴险狡诈

无论带给我们多少悲观失望

种子，应该是种子

作为春天里最顽强的存在

已迅速动员起全部力量

展开绝地反击

在田野

在园囿

在漫山的果树枝头

在堆积淤泥的河床

那些小而又小的种子

纷纷睁开眼睛

将积蓄了整个冬季的忍耐

凝练成破茧而出的勇气

这勇气相互传递

牲畜们也热情播下了种子

萌宠们也悄悄怀上了种子

麻雀也是

老虎也是

鱼和螺蛳也是

我不确定

它们是否都高举着爱的旗帜

但我相信

种子一旦种下

谁也无法改变她前行的方向

忽然发现

春天其实是种子的天下

排山倒海的种子

改天换地的种子

她不会放任一小撮盗名者的猖狂

也不会漠视我们焦虑的目光

她已祭出无可匹敌的法宝

法宝的名字叫作"希望"

我爱的人不曾告别
——2022 清明节云祭

母亲去世时我还小
她把告别的话都给了父亲
甚至还教唆父亲骗我
说妈妈出了远门
过段时间回家看你

母亲走了
父亲养家糊口
我们兄弟姐妹平常跟着爷爷
爷爷最疼的孙子是我

后来我外出求学
忽然有一天接到电报
"祖父病逝,速回"

赶回家时
爷爷已躺在冰冷的灵柩

长大后
我在外地落户
常回老家探望父亲
一直到他八十岁生日刚过
父亲因低烧不退住院
查来查去查不出病因
他不让我久留
说我两天后就回家休息
你回去安心工作

父亲果然如期出院
可随即传来噩耗
他突然不辞而别

就这样
我爱的人先后辞世三位
没留给我一句临别的话

好像都在我面前表现潇洒

不愿流露痛苦、牵挂

又好像担心我承受不起

误以为我还没有长大

抑或故意留给我念想

只是出趟远门而已

总有归来的时候

不在梦里

就在诗行

姐　夫

三个亲姐姐
带回三个亲姐夫
花儿插在牛粪上
这牛粪，我喜欢

因为臭味相投
我也是牛粪的同伙
家兄之于家嫂也是
青草是我们共同的本色
大地是我们共同的归宿
何妨做坨牛粪
成就花儿的幸福

年少时
三个女人一台戏
出嫁了

三个女人成同谋

共享治家心得

弥补彼此不足

我和家兄表面中立

暗地里向着姐夫

每次见面

男人们不谈家长里短

要谈就谈国家大事

其实是一通闲扯

喝酒、打牌、吹牛

无忧无愁

一年三两回

几十年如一日

这份简单慢慢发酵

酿成陈年美酒

隔段时间不喝

就犯瘾、难受

就想找个借口

不醉不休

只要我回家乡
他们都会来陪我
对我来说
少了谁
圆月便有残缺
而他们陪我的理由
我猜该是同情
不管你风光与否
总归算作游子
在外漂泊

那几坨牛粪
让姐姐们花开花艳
也让我心中的故土
格外肥沃

湖言乱语
——献给数学家康斯坦丁·奥尔梅佐夫

浪拍岸
湖似海
迎面不是北风
风从南方来

前几天倒春寒
今天春又暖
南风北风较劲
看谁先服软

浪花貌似侠义
谁弱倒向谁边
南风骂它虚伪
北风怨它多变

一湖湖水哗然

争论风的观点

如同亿万网民

相互唇枪舌剑

有人赞同说浪花虚伪

倒向哪边不代表真爱哪边

或有趁火打劫之嫌

有人反对说浪花多变

见风使舵

方能规避江湖凶险

有人说浪欲静而风不止

我等无辜

始作俑者无权挑拨离间

还有人旁征博引

竟扯上了乌克兰

怪俄军太猛自己蒙冤

前不久你不是也猛得很

借西风的刀向东风砍

忽听有人大吼一声

够了够了

争个没完、斗个不休

这人、这世界

为什么就不能简简单单

说完他飞身扑向堤岸

瞬间粉身碎骨

好似昙花一现

我记住了他的名字

康斯坦丁·奥尔梅佐夫

爱顿涅茨克

爱基辅

爱莫斯科

直接死亡原因

酷爱数学和诗歌

突遭理性与浪漫双向夹击

不治而亡

注：康斯坦丁·奥尔梅佐夫，顿涅茨克人，数学家、诗人，因俄乌冲突爆发而自杀。

一片茶叶的旅途

昨天泡的一杯茶

明前碧螺春

在杯子里呆了整个晚上

她的身体锁着春

藏着贵如油的雨

掖着温如玉的光

而最合适的钥匙

大概是 75℃的山泉

提壶一冲

便次第打开

浓浓的绿奔涌出来

将茶杯变成一幅画

仿佛把洞庭西山搬回了家

她一夜无梦

在水中酣睡

如疲惫的游子归来

母亲在厨房张罗早餐

而她不唤不醒

蚕丝被铺满朝阳

我用恰如其分的口吻唤醒她

我喜欢看她水中舞

乐意为她收拾房间

不放过丝丝残存的体香

一种春天的味道

以及名叫茶多酚的芬芳

接下来

我将借搬运工之手送她去远方

由此重复生存之道

来自尘土归于尘土

但愿生如明前碧螺

走后唇齿留香

亦愿后会有期

我在地上

她在树上

（发表于《中国文艺报》2022年4月8日）

健康的心

她听力差

要把音量开最大

她眼花

要尽量把轮椅往前拉

她腰疼

不能坐太久

昨天

她反常

看电视直播

一看就是几小时

中间补充一杯水

两粒止痛药

继续挺

神十三航天员回来了

出舱、讲话、飞北京

她直溜溜盯着

波澜不惊

京西机场

翟志刚被抬下飞机

接受儿子献花

与儿子拥抱

一瞬间

她突然面部抽搐

翻江倒海

痛哭失声

王亚平的女儿献花拥抱

她又哭一次

叶光富的妻子献花拥抱

她再哭一次

天呐

幸亏只有三位宇航员

如果十位八位

我担心她得晕过去

我问

刚刚好好的

怎么一下子就刹不住车了

她说不出话

用相对灵活些的右手

轻轻拍打左胸襟

我知道丈母娘想说什么——

尽管我浑身是毛病

可还有一颗健康的心

我看见一只鸟捕捉雪花

比麻雀略大
比野鸽略小
一只白头翁
一次次从枝头跃起
在空中舞蹈

她奋力拍动翅膀
让身体悬停空中
如同啄木鸟绕着树干忙碌
蜂鸟吮吸花蜜
战机眼镜蛇般机动

她在捕捉漫天飞雪
像把玩新鲜玩具
又像专注于美食
棉花糖般的诱惑

如果为了简单的生存

未免太过沉重

我宁愿相信她在游戏

成年白头翁的片刻欢乐

像极了人类的童谣

这时候

我和她被同一种情绪笼罩

俨然置身一场沉浸式演出

我扮演看客

她扮演主角

而整个剧场大开大阖

天蓝地绿阳光和煦暖风轻拂

仔细看仔细听

真正的主角却另有其人

他们是导演兼特效

正表演四月飞絮

并齐声轻吟生命之歌

这一刻,我开始怀疑

若非心如止水静若禅修

这世界,远不止

一只白头翁和几棵柳树

那么究竟还有多少场免费演出

被我们一一错过

驼背叔叔

前几天,腰疼
每当我准备唉声叹气
就想起驼背叔叔的背

打我记事起
驼背叔叔的背就开始驼
我一天天长高
他一天天变矮
开始时身子像半括号"("
后来变成字母"C"
村里人都管他叫"驼背"

他下地干活
常从我家门前过
我喊他"叔叔"
他把头昂起来

用力抬过背

对我笑嘻嘻

说这孩子懂礼貌

将来有出息

后来他死了

死前给家人留遗言

哪怕把骨头掰折了

也要让他仰面朝天

平躺着

踏踏实实睡在棺材里

再投胎

他要腰板直直的

我就想

只要腰板直直的

有点痛

又何必唉声叹气

这个假期我们哪儿都不去

甚至开始行动了
头脑中的那个悬念
渐渐明亮起来
荞麦弥望,春风十里
轮胎丝丝不绝
碾过行道树的影子
如收割机穿越麦田

给几位好友电话
兑现相伴而行的诺言
开启语音导航
奔赴预约酒店
换上大裤衩
在星星的注视下
谈笑风生,不醉不回

一定去很远的地方

绿的山蓝的河

成群结队的鸡鸭鹅

与路边的老汉搭讪

微信扫码

买空小篮子的收藏

医生警察志愿者货车司机

都变回父母的孩子

变回丈夫妻子恋人

将春风披在肩头

油菜花的田埂相遇

不论熟悉与否

我们彼此微笑招手

就当是曾在同一战壕的战友

就当是凯旋的勇士

一起缅怀曾经的牺牲

值此峰回路转

互致良好的祝愿

亲切的问候

一定要拍很多视频、照片

配点感想发往朋友圈

以此为证

我们确曾到此一游

甚至都眼眶湿润了

因这刹那间的浮想联翩

其实这个假期我们哪儿都不去

继续捂紧曾经的诺言

等它归还一个春天

三亚的第一印象
——兼致舒婷

下动车

换走山海高速

路旁绿植中

有个身影时隐时现

样子极美

司机告诉我

她就是三角梅

"我情感的三角梅啊"

恍惚中,有个声音

在我耳边轻吟

早知道,四季花开

是三亚的天性

没想到

她偏偏选择三角梅

用来俘获我的心

不管有意无意

我有颗待放的种子

她有片成熟的土地

让相逢一瞬间长出爱和亲切

曾经

从一位陌生女人的诗中

我熟悉了许多鲜活的名字

橡树鸢尾花木棉三角梅

说不清它们各自的样子

也不了解它们长在哪里

而这个女人总有办法让我着迷

甚至她就与花花草草混在了一起

比如读完《日光岩下的三角梅》

让我浮想联翩的

既不是日光岩也不是三角梅

而是一个女人的背影

风正吹拂她的衣襟

这个背影
到了三亚就转过身来了
因此我与三亚
不是无缘由的一见钟情

暗 箭

随手将一根剔过牙的牙签

扔进剩饭剩菜里

转眼便感到后悔

我想起一只猪正大快朵颐

却突然被这根牙签刺中

它痛苦的哀鸣

拔不出这世界的一支暗箭

难道说我们会比它运气更好

谁不曾被一支支暗箭

以漫不经心的样子

中的

坚强的守候

——献给两弹一星元勋及其幕后英雄

你有你的难

我有我的苦

多少春秋冬夏

谁为谁忙碌

你不说我的难

我不说你的苦

你为了我的家

我为了你的国

如果陪孩子长大是一种奢求

请代我每天吻吻他们的额头

如果牵手漫步是一种享受

我愿化作一朵云天天陪你走

亲爱的，请别哭

我的明月来伴你的西窗烛

如果情到深处总是默默

为何我有万语千言想对你说

鸿雁的翅膀从天空滑过

请收下我带给你的思念祝福

亲爱的，请别哭

我的邮票来伴你的西窗烛

（大型芭蕾舞剧《壮丽的云》主题歌）

每颗星都是燃烧的烟头

晴好的晚上

星星眨着眼

一如我在漆黑的露台

默默抽烟

烟头忽明忽暗

与一颗星的样子相仿

找不着打火机的时候

我想找颗星星去借

我的烟头是我的

不知星星属于谁

抽烟是不良嗜好

那么将星星点燃

不知是谁的怪癖

点燃星星的人

像点燃某个牌子的香烟

瘾好大

一支接一支

除了白昼和阴天

烟火始终明明灭灭

月亮像只烟灰缸

早已被烫得坑坑洼洼

如同系列文创

阴晴圆缺

常常变换式样

有时干脆弃之不用

满眼尽是烟头燃烧的亮光

看不见烟的烟

烟的长短、品牌、过滤嘴

夹在指间抑或叼在嘴上

看不见吸烟人的脸

看不清到底多少人聚在一起

好像都在沉思

又好像距离太远

听不见窃窃私语

他们会聊点什么

聊烟的口感或者咳嗽

聊宇宙和自身现状

聊单调的日子和活着的意义

或聊无可聊

像我一样抽寂寞的烟

烟是无辜的

烟就是烟

不喜欢别人抽它

一抽，就化成了灰

我想星星也是

虽然看不出它的枯萎

但还是有那么一丝担心

早一天我熄灭

晚一天它熄灭

千万别爱上抽烟

也别问烟草为什么在山坡生长

星星为什么在夜空彷徨

一定不会毫无缘由和动机

创造与毁灭

诞生与死亡

日子被刀子割过一样

日子被刀子割过一样
记不清哪一天割的
又好像被割过很多次
也说不清哪里留下了伤疤
伤口深也罢浅也罢

麦子每年都要被镰刀割上一次
那是在它成熟之后
在此之前
除草浇水施肥
准备割它的人总对它倍加爱惜
而我一辈子都不够成熟
却为何一次次被刀子割伤

或许没有人指望
从我身上有所收获

或许误以为我已成熟

其实我并未成熟

或许每个人都在日子里

谁也看不清岁月的真相

你割我一下

我割你一下

早已习以为常

有意也罢无意也罢

我走在积水的路上

我走在雨后的街巷

汪汪积水

如游人流连在路上

没有两汪积水是相同的

尽管都是从天而降

都由雨滴汇聚而成

眼眸中倒映着灯光

并且好奇地注视一条条长腿

举在半空的头颅

高耸入云的避雷针

座驾正在远去

那些云赶往另一个地方

从古至今

没有人注意他们

真诚地赋予其诗意

马蹄车轮靴子脚丫

热情比不过一条蚯蚓

或一只蛤蟆

其实彼此的命运是相近的

风云际会中诞生

一路辗转

落户某个地方

在短暂的生命之后消失

重新于地球流浪

一生蹚过无数滩积水

积水也湿过无数双鞋

相遇本来是缘

但愿彼此能留下一些印象

积水之水

来自五湖四海

聚在一起便是团队

太热了

一起去云里躲躲

太冷了

结层冰一起裹上

我也在一汪积水里

不关心明天的天气

去或留

听从天地主张

穿过大半个中国呵护你
——致 YXH 女士

网上听说

你被人打了若干个嘴巴

我就想

穿过大半个中国呵护你

我献出我的脸颊呵护你

要打就打我的

让飞溅的口水浇灭情绪的火焰

我伸出我的拳头呵护你

我是说双手抱拳

用一腔斯文呵护你的尊严

我要镶嵌于两者之间

将打与被打隔开

对与错隔开

诗歌与生活隔开

现在与未来隔开

我要穿过大半个中国

护送你离开

送你到继续做梦的地方

所有梦保持初春的状态

我要陪你再一次按下心中的雪

在世间的某个角落留下洁白

自古红颜多薄命

我宁愿相信你比李清照更美

红了樱桃,绿了芭蕉

你的奔放让大半个中国梅黄杏肥

你埋在打谷场的心

像豆荚一样饱满

你想穿过大半个中国去睡的人

一直守在黄昏

做回一个女诗人蛮好

在方块字的城堡里

做飞鸟的主人

不用照顾柴米油盐

让所有巴掌成为掌声

我并不想做你的拥趸

暴力曾让你绽放过的男人

愿只愿你依旧相信爱情

以免一朝被蛇咬十年怕井绳

世上不稀缺遗憾的婚姻

稀缺让婚姻满怀歉意的诗人

山头一片洁白
——致 HCD 先生

习惯了
人与人之间差别很大
可第一次见你
还是略感惊诧

喝茶聊天
短暂的进程
刚好跨越几条江河
大地渐渐隆起
云与土越贴越近
我也拥有了高海拔
山峰却有所收敛

看起来并不伟岸

可山顶的积雪分外洁白

世上最难征服的山峰通常如此

伸手可及又高不可攀

身处某些位置

人很容易高原反应

甚至眩晕恶心呕吐

要确保清醒

需要鹰的品质

这是我的发现

你的目光暗藏鹰的神情

从容中流露犀利

随时准备刺痛慵懒的灵魂

或许一切在岁月中奔跑的东西

都可以被纳入复调的行歌

——走下精神担架

(发表于《诗选刊》2023年第4期)

隐秘的光

看孩子吃饭

一个胃口很好的孩子吃饭

如同饥饿遇见糖果

眼前闪过一道光

光是热的

也有味道

甜的咸的酸的辣的

归结起来都很香

香香的烟火气

是香火不绝的另一种解释

光穿过我

落在眼前这个孩子身上

我俩之间的关系

复杂得有七种颜色

如同父亲和我一样
略微不同的是
当初为了让我吃饱饭
父亲常年背井离乡
而现在
我可以天天盯着他

盯着他的目光
有他爷爷的成分
希望他越吃越香
剩下的便是我的
担心他越吃越胖

我错过了一场暴风雨

那时候

我正在一间密闭的屋子里

看几个人表演

面试正襟危坐的一面

这时候

外面狂风大作暴雨倾盆

夏天突然间发起脾气

表现最最任性的一面

等我出来

任性的脾气好像被关了禁闭

云在天空翻滚

忙不迭地收拾残局

网上已留下证据

砸窗户折树枝扯空调外机
暴力场景——进了视频
而眼前燥热退了几公里
一脸梨花带雨的忏悔

我错过了一场暴风雨
不知是该遗憾还是该庆幸
忽想起刚刚面试的几个人
他们都文质彬彬
却大多被淘汰了
对双方而言都有遗憾
应该再没机会
看到彼此如火如荼的一面

爱上屈原的一个理由

小时候
爷爷曾养过一两只母鹅
从春天到下一个春天
鹅宝宝长大成鹅了
天天红掌拨清波

她生下第一只蛋
蛋上一抹红
她围着蛋自豪地踱步
用歌声引人注目
可谁若胆敢靠近
她就会伸长脖子
像一把笔直的红缨枪
往你身上戳

乘她放松警惕

爷爷将蛋收起

存入稻谷柜中

与积攒的其他鸡蛋鸭蛋相比

它分明一枝独秀

立夏之后

哥哥去河边采摘芦叶

姐姐用毛线编织网兜

我负责惦记那只鹅蛋

惦记它的最终归属

端午节那天

爷爷将库存的蛋煮好

确保全家人手一个

我对粽子不以为意

对那只鹅蛋却十分在乎

不惜哭哭闹闹

也要把它装进自己的网兜

从村头到村尾

从村尾到村头

我戴着这颗巨大的鹅血石项链

访问每一位光腚好友

让他们的胸前所挂

隐隐含羞

未曾读过《天问》《九歌》

却自此有了爱上屈原的一个理由

醋　意

月亮高高地挂在天上

独自散步的时候

她是最值得一看的东西

她的神奇在于

一遍遍看她

从不曾让我感到厌倦

甚至许多歌咏她的诗句

千百年过去了

在心中也还是常诵常新

简单估算一下

我看她的日子

超不过三万天

这之后

她还是高高地挂在天上

与其他人眉来眼去

我却再不能与她对视

每念及此

总会心生醋意

希望您看看我的诗集
——父亲去世十周年祭

父亲

希望您看看我的诗集

请先看诗集的开篇

那首诗是写给您的

我想听您聊聊体会

准备出版的那段时间

我曾读给您听过

可是您一直没有回音

非要看见诗集后再说吗

我今天就给您邮过来

顺便邮些纸钱

火苗升起后几分钟

您便可以拿到这本滚烫的诗集

如同踏雪买回的烧饼

您将它捂在怀里

吃起来总是滚烫滚烫的

十年没吃到您买的烧饼了

那么我带回来的东西您吃了吗

方桌上摆着您喜欢的家常菜

热气袅袅向上

您至少品品味道吧

可您的眼睛鼻子嘴巴

为何一动不动

您凝固在相框里

太快了,十年了

我的每一天也是凝固的

凝固成您健在时的样子

做人做事我想您都在看着

好消息坏消息我想都瞒不过您

我是您活在人世的镜像

十年前您身在家乡

十年来您驻我心上

青春之城
——献给独墅湖科教创新区开发建设
　　二十周年

我开着吉普去找你
车里装着高帮雨靴
靴跟在泥泞中种下朵朵小花
我将其中一朵开成青春

青春的树长出来了
青春的楼长出来了
青春的路牌长出来了
青春的独墅湖长出来了

人潮涌动起来
晨读嘹亮起来
数据库奔腾起来

春天的捷报欢快起来

永安桥苏醒了
横跨于时间长河
一边是孤舟古井陶罐
一边是纳米芯片讲堂

斜塘土地庙新生了
萦绕千年香火
内心有深深的慰藉
外表是浅浅的乡愁

梦想飞起来了
青春飞起来了
我的花儿落英缤纷
你的花期刚刚开头

泥巴墙

一想起小时候的泥巴墙

就有翻墙而过的冲动

像桃花跃过墙头那般轻松

暴雨中坍塌的缺口

容得一头猪腾空而过

公鸡在墙头踱步

看门狗懒散地躺在泥巴墙外

各种豆角瓜藤在墙上从春闹到秋

分不清根在哪里花落谁家

一户户连成绿色城堡

入夜全村老小走出泥巴墙

板凳竹席三五成群谈天说地

星星与萤火虫围观旁听

泥巴墙只在冬天显露憔悴

极不情愿戳穿繁茂的虚伪

高低错落的茅草屋随之形容枯槁

如戈壁滩长出的千年非遗

一年收成化作瘦瘦炊烟

召唤一场漫天飞雪

按下泥巴墙对于春天的憧憬

那时我也无力想象更远的未来

如同此刻面对一幢幢小阁楼

无力发现一丝泥巴墙的踪影

泥巴墙从泥土中抽身出世

再回去时

只捎带了点儿人间的苦与甜

(发表于《诗选刊》2023年第4期,有改动)

我们是时间的花朵

花开的时节
别想着凋谢
要想就想当下
要开就开娇艳

要对得起绿叶根茎
对得起种子土地
对得起阳光雨水
对得起风和眼睛

这世界充满夭折
要把握获得姓名的机会
死亡静候新生
永恒期待瞬间

让每一片花瓣都有表情

每一个花蕊都产蜂蜜

每一阵花香都含陶醉

在属于自己的时间完成自己

莫问几人能识君

能识人者又几人

错过，各自安好

相惜，共襄美丽

我们是时间的花朵

终究昙花一现

不必做沉甸甸的果实

一刻在枝头

一刻迎风吹

宝玉来了
——致欧阳奋强等八七版红楼梦剧组成员

噢,宝玉来了
这是若干天来最好的消息
疫情影响不能出远门
更不能去荣国府、大观园
赤瑕宫或三生河畔
不能抛开汽车去坐轿子
不能抛开年龄去儿女情长

你果然是通灵宝玉
选了个人见人爱的人儿附体
今儿个他陪你下江南
正赶上鸡头米对红菱
又赶上落英缤纷

唤醒我怜花惜玉之心

你不知道吧
你爱的林妹妹正是我的同乡
我若是她
大概也会爱你不渝
可我又想当面为她鸣不平
你试了袭人、娶了宝钗也罢
怎又与鸳鸯、碧痕等人
闹出些不清不楚之事

千万别赖旁人瞎猜
更别赖曹雪芹走漏你的隐私
他让你的一切——
对也美错也美爱也美恨也美
俗出尘世、雅彻心扉
我若是你
便每天对他致以最深切的怀念
你该知道
他的毛笔尖蘸着血和泪

你因曹雪芹而生

欧阳奋强再让你活了一次

他的仙风掖着你的道骨

身在当代、神在明清

风流、潇洒、清纯、哀怨

他是曹雪芹钟爱的贾宝玉

他是我眼中的曹雪芹

很高兴

莺儿告诉我说你来了

这个聪明伶俐的女子

不记恨你对宝钗的薄情寡义

亲历过一场红楼梦

还有啥情仇可纠结

她若是宝钗

恐不愿嫁你

要嫁就嫁叶鸿平

我不及莺儿淡定

急着替黛玉端详你的如今

虽然我无意遁入空门

却希望这世上真的有太虚幻境

其实你只需用一根绛珠仙草

便可轻易引燃我的宅子

我不是玉甚至不是石头

我是木头做的

离腐朽只有几寸距离

因而我迫切需要一团火焰

将隐藏的黑烧成灰

寒意知秋

几天前

我还在牵肠挂肚

比如桃花岛,包括

哨兵般不眠不休的紫茵阁

"烟花"中出走又追回的黑天鹅

一些游船及其早出晚归的码头

我为这些费过些脑筋

譬如修修补补、鼓掌吆喝

可忽然间季节变了

几番含情脉脉望去

眼里却乱云飞渡

仿佛我不过候鸟的翅膀

转瞬即被天空忘空

倒是那一湖金鸡湖水

原本不在我的操心范畴

此刻略显低沉消瘦

一阵风儿吹过

淡淡的波纹好似它心底的颤抖

盛夏已过,寒意知秋

对于冷热炎凉

它仿佛更多一份感同身受

告　别

办公桌椅由陌生到熟悉

相处短暂却叫人留恋

来这里坐过聊过的人

人均交流话语其实屈指可数

更多的只是远远地打个招呼

还没来得及一一问候

窗外景色依旧

窗里人却躲不过岁月风化

几度花开几度凝霜

喜怒哀乐都付给了春秋冬夏

一晃就从这里走了

但愿有机会故地重回

在洒满桌椅的尘埃上

写下无悔的字样

可历史正不停地繁殖生长

以更大的胃口更快的速度

啃噬未来

不明白

我是该期许还是忧伤

白　鹭

西山太湖

长堤漫步

惊起一只白鹭

它从一幅画中逃脱

又钻进另一幅画中

在不远处的堤头降落

它收拢翅膀的样子

如同一位长者将手背到身后

站定的一刻耸耸肩

双手交握如互致问候

它的背略显佝偻

长腿却分外矫健

我往前一步

它走三步

我伫立不动

它也伫立不动

仿佛我俩之间的距离是恒定的

时间是等值的

区别在于我已吃完早餐

它大概还饥肠辘辘

它用一只眼睛监视我

另一只眼睛盯着水面

细长的喙连着弯颈

似一枝鱼竿伸向远处

这让我想起姜太公

一只眼钓鱼

另一只眼看商周

只是太公钓鱼不用鱼钩

而白鹭干脆连鱼线都不要

一副空手套白狼的节奏

我不忍心影响它的生计

悄悄离它远去

它愈发专注起来

如一尊汉白玉雕塑

我也成了一位垂钓者

用越来越长的视线

投向层层波涛

耐心地陪着它

等待愿者上钩

（发表于《诗选刊》2023 年第 4 期）

面对青春期的孩子

面对青春期的孩子

子夜长出毛茸茸的唇须

凸起的喉结如堰塞湖

圈养起滔滔不绝的话语

表面波澜不惊

暗地里等待一泻千里

像你一样悄悄变声

降低的身段柔风细雨

应该再换上西装革履

端一杯现磨咖啡,举重若轻

谈一桩正经生意

两个男人之间

名义上的父与子

实际上的债与债主

你是高原欠我高峰

我是板凳欠你长梯

彼此都有足够理由

内卷！家校内外

比蹿起的身高来得猛烈

想借你美丽的青春痘一用

在皱纹的脸庞写下青春无悔

可是可是可是

你我都有答不完的试题

ABC

专家是人间的神
见识过世俗的千奇百怪
降服过传说的魑魅魍魉
好心的他们已开出了药方

几味药是给我的
其余的是给你的
他们要我在不经意的时候
悄悄喂你服下

好像你我都病了
忽然间我也觉得事实就是这样
这么多年你我都很快乐
随遇而安、无忧无虑
因此我们染上了快乐病
最近终于显露症状

老师是门诊部医生

已为你出具了诊断报告

指标有 A 有 B 有 C

C 就是病灶所在

病情在你身上

病根在我身上

我们原本感觉良好

兄弟般一起玩耍

可是 C 偏偏像刺一样

扎在骨缝间最柔软的地方

我意识到

C，这个隐形杀手

其实是 A 与 B 的对手

在与 AB 的对决中败下阵来

快乐随即被征用成 C 的病房

在我眼里你永远是 A+

可 C 分明在隐隐作痛

专家说任 C 泛滥未来将不可收拾

这让我感到害怕

怪自己没有赋予你抵御 C 的能量

又不肯轻易缴械投降

拔除 C 就需要信赖专家的药方

孩子啊

多么希望你一如既往地快乐

可此刻也只好委屈你啦

我能做的：把最苦的药留给自己

并在你的药水里注入糖浆

或许这样会错上加错

可我只是俗人

又如何抛得开世俗的目光

99.99 的纯净

除了自己之外

不曾对旁人提过

除了旁人知道的之外

其实我也没什么可说

似近非近的两棵树

枝条从未在空中牵手

落叶随风吹积

不过欲说还休的一次次问候

雪很快降临了

春回时早已没入泥土

树花开了,树花谢了

落英缤纷却彼此陌生

并不知道在某个时候

我曾固执地只见树木不见森林

而你恰是我注视的那棵

好像你也瞥见了我

可我们只是呆呆地呆在原地

羞怯地不肯靠前一步

同一片树林

一起被骄阳虐过

一起被暴雨打过

甚至在星星缭乱的夜晚

虫豸们热情欢歌笑语

我们仍尽力保持沉默

沉默是金啊

99.99的纯净搁置几十年

如今依然没有生锈

幸好

命运不肯让我们从头来过

否则

青春怎会给遗憾留下立足之处

我在享用蔬菜沙拉

我在享用蔬菜沙拉

一口吞下两只半圆番茄

(被刀拦腰切开)

咀嚼中感到宜人的酸甜

却完全忽视了番茄的刀伤

这时候手机跳出新闻

一条是俄军向乌军进攻

一条是乌军向俄军反攻

如同一只番茄的两半刚好对上

地图上标注着兵锋所向

和攻防态势变化。至于伤亡人员

双方均未公布数据

更没说每个人的姓名性别年龄

其实说不说都没意义

一则新闻如同一只番茄

人们不会关心番茄汁的命运
我忽然像闻到血腥一般不适
急着要把那只番茄吐出来
可胃却正舒坦地将它消化

养 狗

那么多人喜欢养狗
而我却怕狗
我被狗追过
只是侥幸没给它机会下口

好像闯进了它的领地
其实那只是一个村口
全村都是你的吗
我只是想穿过村子
从东头到西头

我跑,它追
情急之下
我转身对它怒目圆瞪
它慌忙退后
嘴巴却吼得更凶

好像要掩盖自己的慌乱

又好像要压制我的反扑

这人狗大战惊天动地

狗主人跑出来

见它正欺负一个小孩

便用严肃的口吻批评它

并提脚准备踢它的屁股

那狗立马晃动起尾巴

然后悻悻地溜走

我趁机逃脱

狗主人仿佛恩人

来不及想要冲他追责

从此我落下了心病

——怕狗

又想养狗

——与主人在一起

狗显然文明了许多

幸福的堵车

送孩子返校

一般在周日下午

也是我的驾驶技术

发挥最好的时候

不变道

不超速

慢踩油门

轻点刹车

空调开在最适宜的温度

最初几分钟尤为关键

管住嘴

锁紧所有循循善诱

目视前方

余光洒向后视镜

细细叮嘱

但愿他听到
我正无声哼唱催眠曲
作为父亲
虽不能像怀孕的母亲
轻轻抚慰隆起的肚皮
但我仍希望
将这部车变成父亲的子宫

一定有心灵感应
不出意外
他会渐渐入睡
这种状态再保持几分钟
我将选一个安全路段靠边
静静欣赏他酣畅的呼吸
对待一个不知疲倦的孩子
父亲该做的
或许就是懂得他的疲惫

二十分钟左右

我会重新上路

因为他通常会突然醒来

追问到学校了吗到学校了吗

然后质疑

这车怎么开了这么久

而我总是云淡风轻

说刚才路上有点堵

匆忙的脚步

追不上风的脚步
风走在季节之前
而我总跟随季节起舞

追不上光的脚步
光走在黑暗之前
而我总在经历黑暗后醒悟

可更快的却是意念
意念走在一切抵达之前
而我又常在抵达时困惑

匆忙如斯
追寻爱、真理以及自由

阳　了

他没病

(无症状感染者不是病人)

但有"可怕的"自由

临近期末考试

脱离家长视线

我们却找不到理由

敲开他紧闭的房门

他在隔离中静默

但每天总有两到三回

一阵阵琴声如约而至

或古典或流行

或婉约或激越

行云流水，惹人陶醉

爱人说

儿子钢琴有进步

莫不是偏巧中了"艺术株"

我说

他大概是按时给咱俩喂药吧

中西医结合音乐疗法

专治放不下

吹着口哨穿过小区

不忌惮夜色渐浓
吹着口哨穿过小区
吹出九百九十九朵玫瑰
献给九百九十九个窗口
但愿每朵玫瑰的芬芳
陶醉一对蝴蝶

一定不是哨声的魅力
而是深切的共鸣
旋律是博大的语言
如同风不必表白
人间却换了季节

我惊喜
我的哨声格外高亢
如夏蝉飞临冬夜

这一刻

我已找到恰当的理由

与清风明月妥协

薄薄的嘴唇本不沉重

沉重的是锁紧的喉结

心注入累积许久的勇气

于今夜生出蝉翼

疫情中题友人照片

静静的城
静静的玫瑰
按下喧嚣
让位于流行

病毒流行
忐忑流行
时间我行我素
漫不经心

可就有这么一天
隔夜就是隔年
并非时间的心跳狂躁
而是人世的肺腑多情

没有红绿灯的路口

四处潜伏着迟疑

深一脚浅一脚的道路

交织着烦恼、欢欣

一切娇艳总伴随喧闹

一切枯萎总归于宁静

一切流行终将老去

一切沉默终将苏醒

印象主义的纽约

冷峻依偎在窗口
化妆品分享黄昏的汉堡
狂欢的余烬冒出白色蒸汽
剧作家导演演员量子纠缠
在帷幕落下之前
我伸手接住一叶羽毛

华尔街走失超级大奖
蜘蛛侠的出租车追逐黎明
心脏在牛仔裤的洞口张望
我开始练习解剖松鼠和蚂蚁
地铁吹着鸽哨呼啸而过

枝头和草地厌倦了春秋的涂鸦
警笛不停搜索非法移民
我呼唤消防车降解异样的线条

深邃的眼神如同婴儿啼哭
隔着窗户聆听却浩大成引擎

神秘的远方挤压博物馆
我的忧伤成了它阔绰的本钱
深冬的阴雨长满枯叶
似雪片堆积在云层
等待一杯冰水举起女神的火焰

那么多自由且浪漫的约会
恰似街头滑板跌跌撞撞
我只是默默地观赏
锐利的棱角和空中的螺旋
不停地制造剑或风
刺痛或唤醒广阔的陆地海洋

冬柳的一抹绿
　　——写给因新冠逝去的老人们的挽歌

群楼间的一棵柳树

刚好立在穿堂风口

树叶大都已安然落地

却有少许仍青翠欲滴

飞舞在树梢、枝头

它们置身风必摧之的高处

是一棵树最柔软的部分

却倔强如一抹新绿

与凛冬抗争

又仿佛心存不舍

借纷飞的雪花诉说

它们望向一扇扇窗口

记忆中的温暖令人泪目

好喜欢那热腾腾的馒头与客厅的晨光

柔软的羽绒被和相框里的全家福

红彤彤的压岁钱包正等人塞进新钞

未干的墨迹落在年历上

写满五月的鲜花和十月的远游

它们望向天空,想知道

熟悉的风筝和鸿雁的翅膀

还需要等候多久

它们望向大地,梦想有一天

春风又绿江南岸

与其他落叶一起重返枝头

既然注定熬不过这个冬季

那就再多一会儿

再多一会儿

绿着、活着、望着

坚定不肯落下的理由

它们在风中挥手
仿佛在作深情的告别
任冰冷的雨雪扑面而来
依然保持青春的颜容

扬州扬州
——2023 春节省亲偶感

多么富有啊！那个小院
总在正月时阳光普照
青菜与小葱生机勃勃
枇杷银杏桃树各一株
光秃秃如记忆裸露枝条

旧磁带堆积东厢房一角
南厢房的谷仓老鼠没见过猫
老藤椅烟灰缸素描客厅
似慈父戴镜框照看老屋

差点忘了我已是主人
可春风十里岂因今世缘分
烟花三月谁策马江都

我的根扎得比树更深

荞麦弥望一路宋唐
楼船夜雪终泊于瓜洲
二十四桥红酥手
我借明月上高楼

一马平川处处峰
平山堂里点香炉
你鉴别人间真伪
我雾中启航东渡

桨声棹影散落苍穹
京杭在肩千年悠悠
风花雪月都归了少游
我的小院瘦比西湖
叫一声苏洵亲家
在下扬州……扬州

当代孤独

作为一枚粒子
我活在光里
我有自己的宇宙
当代只是元年

我穿过兽骨的岩洞
手握长矛的篝火
我赤脚越过荒原
去海边温故黎明

你说的海市蜃楼
是我新建的家园
恣意纵横的美景
与你沉重的世界平行

你歌唱舞蹈

在四羊方尊里发酵
而我只需一台电脑
便跨马成赏金猎人

我奔赴遥远的距离
将冰冷的石头捂热
披在肩头的棉袄
是秋风摧残的草屋

再不必学习经文
屈子李杜尽听差遣
替我写光阴
野渡孤舟空自横

炉火中的雨点
——致友人

早春的雨点

按响夜幕的门铃

穿过油纸伞的油纸

聆听丁香的叮咛

粉墙黛瓦斑驳

恍惚千年狐仙的表情

我正一路风尘

与你共赴比兴

不知何为知己

只想千杯不醉

喉结踉踉跄跄

说不出嵇康阮籍

围炉煮茶温酒

别有洞天二楼

干柴何惧烈焰

早怀揣知遇之心

如同落花之于青石板

不问天涯深浅

共一回沦落

便荡漾悠悠共鸣

树脂噼啪炸裂

人静时分外清脆

亦如钟摆嘀嗒

露珠儿叩响心扉

我听见远山寄语

辗转鼾声起伏的市井

梦里梦外蹉跎

静候草长莺飞

白云之下弥漫着幸福

身体内外丝丝作响

太阳不只有光和热

也有一双轻柔的手

次第打开层层包裹

我是顺流而下的船

躺在自由的河床

夹岸青山奔向未来

浪花喷吐花瓣

鱼在窈窕水草中分娩

记忆中

蚊虫的蜇刺和暗礁

在这个善良的午后收敛

我相信这是春天想要的结果

象牙贵而虎皮稀

匕首现而刀箸出

爱情的种子
或被爱刺痛的种子
都保持打开门窗的状态
地球微微一颤
远方传来滚石般的巨响
但愿是春雷
而不是炮击

我不是虫豸
不会从冬眠中惊醒
即便醒来
也不会惶恐
我的窝就在这里
父亲的母亲的坟一江之隔

这几天
人们都说春光正好
事实上我也看见了花开

柳枝一天天变绿

西装与气温刚好匹配

可这些又能说明什么

季节轮回

我已是来过几十次的熟客

我要时不时回去看看父母

告诉他们我很好

白云之下弥漫着幸福

各有各的幸福

打开车窗小歇

半躺在春风里

鸟鸣覆盖树荫

一只猫悠然路过

我不愿惊扰它

春光是大家的

理应各有各的幸福

小时候我养过猫

知道猫的种种

追逐自己尾巴的幸福

在主人枕边酣睡的幸福

享用鱼和老鼠的幸福

白天或夜晚约会的幸福

它回头看了看我的车
几乎同时发现有双眼正盯着自己
仿佛突然遭遇一场伏击
惬意的眼神瞬间流露惊恐

我想热情地告诉它
是你让我想起了我曾养过的猫
以及彼此带给对方的一些幸福
可它迟疑片刻之后
闪电般钻进了路边的灌木丛
将我的幸福扔在半空

请把我当作宠物来养

请把我当作宠物来养
不必强求烧饭洗衣擦地板
也别指望我挣回可观的钱
我与世间的宠物一样
认你是主人
就一只藏獒般爱你
替你守护羊群
不懂何为背叛
也不懂何为殷勤

篝火在旁
星星在上
我不能递给你冬不拉
可我愿匍匐身子
听你歌唱

爱贵如春雨

感谢你愿意分些给我

如果没有滋养

我就只剩下野性

徘徊在群山之间

走不进你的牧场

我喜欢

你在我的心上拴根绳

在这事故频仍的世界

把我当作宠物来养

如果每颗心向着太阳

如果每颗心向着太阳

向日葵为何让耳朵滴血

疯人院里忘却忧伤的目光

为何比一团冷月更显安详

树木向上生长

鸟儿黎明时歌唱

杂草的种子冲破岩石

生命大抵如此

各怀心机又有何妨

如果内心的光明熄灭

太阳也不可能带来温暖

它只为躯体供热

却无法让灵魂飞翔

有时候我们就是它的玩偶

在这世上

泛滥着无度的欲望

黑暗、肮脏、乞讨、掠夺

目睹着一幕幕

它不会黯然神伤

月亮上寸草不生

儿子一直伏案

作业

没

完

没

了

我看完新闻联播

两场乒乓球赛回放

散步一小时

回家劝他起身动动

至少抬头看看窗外的月亮

今晚月光真好

可月亮上寸草不生

肥 肠

不明白

肥肠为什么常和洋葱混在一起

如同两个个性冲突的人

常被人一同搬上舞台

厨师与导演相似

一道菜与一场戏相似

我喜欢在客观世界里大快朵颐

说话时却进入了主观世界

并拒绝相信虚拟世界的肥硕

口味是一张标签

将我归类于某种浩大的趋势

我不能对一个好人落井下石

作为记忆中丰收与温暖的象征

贫穷与饥饿常因之沦为笑柄

一个苦难人物的简单快乐
或许更能让故事轻易出圈

将肥肠捋直后切断
很像泣不成声的归途
最好存留一些尚属本真的油腻
以利于润滑干渴的齿轮
而这早已与健康无关

心中的红砖厝
——献给两岸同胞的歌

那幢老房子
样子有点旧
青石板上砌红砖
名叫红砖厝

檐角手指天
门前神与兽
墙上刻着连环画
你我曾临摹

长青藤仿佛你的手
轻抚我额头
三角梅望向蝴蝶兰
风雨中守候

故人西辞黄鹤楼

而你在何处

一湾海峡波连波

梦里红砖厝

可曾有人告诉你

红砖会斑驳

我的钥匙你的锁

谁为谁生锈

春燕正呢喃

我听见你脚步

衔来新泥筑新巢

抛开苦与愁

说说心里话

你说五指伸出不一般长
我说手心手背肉一样
你说两只眼睛要分开
我说牙齿舌头会打架
本是一家亲
似分不可分
何必说两家话
左脚帮右脚走稳路
右手帮左手剪指甲
眉毛帮胡子挡雨滴
嘴唇帮喉咙守话匣
你说要和谐
我说要统一
都说的心里话

画家叶鸿平

对他而言
画家是个过于严实的称呼
工整得令人窒息

他画残荷枯茎
就是想绕开密不透风的夏天
而那时我常会在荷塘边迷失
单凭荷花就可以将我击败
更不用说清晨晶莹的露珠
骤雨将至仍从容淡定的蜻蜓
他手指一挥,就把它们
引进手机图库或别人的画里

美常在不为人识时散落尘土
这时候他就会挺身而出
如同为心爱的女人冲向流氓

哪怕眼镜即将被一拳击飞

世界因此更显嶙峋

他宁愿抛开所谓秩序

而闯入原始森林，枯枝藤蔓

陨石坑以及漫无边际的苔藓

面对这些，他才开始呼吸

从而让心跳更加鲜明

他的颜料盒装满沧桑

清瘦一笔便秋风萧飒

秋风本在生命里常驻

只待有人为凄美书写挽歌

举起酒杯他就是祭师

赤橙黄绿青蓝紫如他圈养的野马

栅栏一打开便相互撕咬追逐

无意间一点红滴落宣纸

面对它我总想抓一把秘制饵料

抛向残荷枯茎下那条鲜活的锦鲤

边吃黑豆边看书

边吃黑豆边看书
黑豆瓣钻进书缝里
想倒倒不出

大概是书闻到了黑豆香
吃到嘴里不松口
或者黑豆爱看书
钻进书里不肯出

它俩各美其美
却乱了我心思
好像黑豆弄脏了我的书
好像书里藏了些错别字
又猜想若干年后
某日某人打开这本书
黑豆活得好好的

而我却不知所在
读书人不知有我
也不知这黑豆
有个妖艳的名字
叫作"西域皇后"

随 感

我在阳台抽烟
屋子里
风裹着烟乱窜

我若不抽烟
风就不会被呛到
钻进窗户缝里怪叫
夫人也不会嘟嘟囔囔
愤愤然大开窗户

我想要简单的自由
可若风向不顺
便有为人诟病的理由

我要向史记要个列传

我寂寂无名

像一只蝼蚁

白骨粼粼飞沙走砾马革裹尸回

朝堂之上

论功行赏

笙箫霓裳谁在倾耳听

王公大臣才子佳人

真真假假装聋作哑莫上当

我爹我娘我是你儿

提枪上马冬雪秋霜别来可无恙

我妻我女我是某某

请送汝上学堂

我要向史记要个列传

我是朵白云飞在蓝天

我要向史记要个列传

我是朵落花也有过春天

我的名字叫百姓

从此我爱上隐姓埋名

长河浩荡我的泪

兀自流淌，茫茫

以戈止武

上兵伐谋

最是那以戈止武

兵若无戵

何处幸福生活

其实我并不在乎

生死有命是谁说

我知我活不过九十九

大不了滚滚黄沙埋尸骨

却忍不住为你哭

为何隐居穹窿

又为何身在春秋

哪颗星星似眼眸

悲天下，观千古

你为我忧

我自长剑在手

斩敌万千头颅

走为上策我不走

身后家国

只想做点有意义的事

这世界

有什么不能失去

又有什么必须得到

细说是烦恼

答案藏在风里

字字如同雨滴

对错白昼与黑夜

太阳星星交替

只想做点有意义的事

意义是个简单的词

活着真的很好

诗情分外美妙

坦荡君子之道

五千年不老

只想做点有意义的事

意义是个庄重的词

自古丹心一寸灰

一轨九州兴

只想做点有意义的事

天下人要管天下事

寸寸山河寸寸金

星光罩征衣

武夷趣话

出来休闲
凑在一起掼蛋
时而将一手好牌打坏
时而打赢一手烂牌
仿佛人生成败
只是人生从来单程
掼蛋可以随时重开
毋需本钱
只需时间

旅游略微贵一些
可再美的景色也非全部
一回回到此一游
与一副副牌局相似
娱乐给旅游加分
只是忘情山水不多见了

我们对旅游乐此不疲

因为早已失去伯牙子期

所谓高山流水琴瑟和鸣

武夷山倒是有的

大王与玉女就算得心心相印

可这年头几个人相信传说

景区只是景区

谁会去动那真情

如同掼蛋本是娱乐

可偏有人把它当作学问去做

你娱乐我受苦

这精神堪称为翘楚

有学问难免有纷争

掼蛋就忍不住要说话

武夷山不挑客不骂人

怎么娱乐由你

他只管眉清目秀

茶香鱼肥

武夷山一线天

这两块石头

真的是石头吗

我一直怀疑

任何一块孤立的石头

都难以承受

两座沉重的山

它俩贴得很紧

但又留下了缝隙

首先让流水穿过

而后是光

而后是蝙蝠

而后期待更有意思的东西

很像我在九曲溪投下饵料

一群隐身鱼就会嗖地蹿出来

它俩也喜欢类似游戏

好奇是诱饵

这条缝应该是故意设计的

好让人误以为

从此可看穿石头的心

千里万里而来

却只看到一条长长的缝

既不能充饥

又不能玩得随心所欲

连习以为常的插队超车都不行

只能乖乖地跟着别人往前挪

平常避之不及的蝙蝠粪便

忽然间落在头顶

也只能高兴地说

"福份临头"

显然

人比九曲的鱼笨多了

这两块石头

默契地会心一笑

随意摆个造型

人就会主动上钩

上钩后便挣脱不掉

被这一根线牵着

在这世上游

高铁上

高铁上

一对母子是邻座

年幼的孩子

年轻的母亲

一个奶声奶气

一个轻言细语

这画面

比车厢内外的景色加起来

更加温馨

时速三百公里

列车向前

我向后

一下子回到了小时候

那时我和这孩子年纪相仿

可母亲好像从未带上过我

哪怕乘一回自行车

或者小推车

去山水间欢快地穿梭

我也从未埋怨过她

一是可能那时我幼小愚钝

还没学会提要求

二是听说

她正辗转于医院之间

生命时日无多

刚想到这里

列车就钻进了一条隧道

又黑又长的隧道

再出隧道时

景色依旧

武夷山的雨

总共四天
大部分时间下雨
天气预报不管用
雨自行其事

我的行程被淋得透湿
心却慢慢燥热
一片茶尖还没来得及长成形
一只竹筏还没来得及划起来
一条鱼还没来得及游完九曲
一道瀑布还没来得及挂在胸前

只能张开手臂
把身子打开在雨里
让皮肤仔细辨析
她的温度湿度形态气息

如同遴选一批种子

返程后

我要找块地

面积可大可小

空了就学习武夷山

在田里种雨

　　　　（发表于《人民政协报》2023年6月17日）

我没有写好一首诗的气力

有些遗憾

我没有写好一首诗的气力

那些形神各异的日子

充其量如二三万个汉字

可一部字典并不等于一首好诗

流星与夜空的关系

闪电与乌云的关系

而我正端坐窗前

风声雨声枪炮声如同火柴

无法点燃单薄的空气

列车风驰电掣

一杯水的涟漪之下

渗透出岩石的坚挺

山峰树木河流庄稼

各自遣词造句语法修辞

熟悉的面孔从陌生的站台出站

更多的陌生正挤进熟悉的车厢

奔赴天南地北日出日落

道路载着肉体

肉体载着灵魂

漫无目的地一路疲惫

我也一半蹉跎一半清醒

一生写不出一首完整的好诗

野百合

悬崖峭壁上
开着几朵好看的花
无心插柳的样子
有人说那是野百合
我一下子感觉
这山可爱多了
山,本该是野的
可几乎所有名山
都像被驯化了一样
台阶驯化了岩壁
栈道驯化了天堑
石刻是山的文身
景色也都编进了故事
这时候
突然冒出几朵野百合
就像T台上

冒失地闯进几个女子

没梳妆打扮涂脂抹粉

也不懂什么叫猫步

却一个个洁白端庄国色天香

如此

你怎能轻描淡写地说

野百合也有春天

为黑夜说

灯一打开

黑夜就退了

灯一关上

黑夜就回了

黑夜躲在黑夜里

光不愿抵达的地方

人们总说

黑夜见不得光

可光的脚步那么快

总来不及和它打招呼

黑夜总在黑夜中彷徨

该自问

黑夜可曾伤害过我

它给我星星

它给我月亮

它伴我入眠

它赠我梦乡

它从不曾阻止黎明的到来

它从不曾勉强落日、朝阳

真正伤害我的

是岁月的四季无常

是假借黑夜掩护的狡诈的目光

是容易被人钻空子的善良

姑苏月

有一轮明月
叫姑苏月
我千丝万缕飞针走线
绣你入画卷
一片水光飞入户竹影爱自怜
几番心思结眉宇疑是霜满天
月上柳梢头
而你在何方
人家尽枕河
我又闻夜半钟声响
君到姑苏见
何止是繁华
侠骨柔情先天下
皎洁如月光
千里共婵娟
吴歌欲断肠

对影成三人

别来应无恙

送你一轮姑苏月

你收到了吗

致 敬

那只不知名的鸟儿

在我路过它劳作的草地时

喙上刚收获两截细长的蚯蚓

像运输机助跑起飞

连蹦了几步然后奋力

飞向远处茂密的树林

它吃力的样子让我想起

自留地里的夏收时节

独轮车堆满金黄的麦秸

吱吱呀呀向着打谷场挺进

汗流浃背的推车人

也包括父亲。我忽然想

代那些雏鸟向送来食物的父母亲致敬

向我也曾经拥有的父爱母爱致敬

向那些不知飞到哪里栖在何处

却把光明留给人世的亡灵致敬

缺血的腿部
——闲话中国足球

绿油油田野中的田埂

如大地皮肤上突兀的血管

与爷爷腿上暴露的青筋相仿

悄悄消失在身体深处

小时候走在田埂上

我还不知道

自己竟然还同时踩在一只球上

旋转着奔跑

奔跑着旋转

有时候也会摔跤

但总感觉无忧无愁

若干年后

我依然旋转着奔跑

奔跑着旋转

只是脚边多了一只皮球

我迷上了它

它在世界各地奔跑

小球在大球上奔跑

时高时低，时快时慢

可大地的皮肤

好像越来越光滑

我不停摔倒

摔倒又爬起

始终追不上那只小球

我几乎哭出声来

或因腿部缺血

青筋看不见了

可血管应该还在

我的心怦怦跳

而它是心脏的支流

最后对着镜子才看清

它正在我的脖子上

暴跳如雷

暴雨前后

一场暴雨之后
草坪上的草
个子蹿了起来
而杂草蹿得更快
杂草不管你想要什么样的草坪
只管争取自己该有的夏天

暴雨之前
杂草的种子已埋伏许久
草坪草是知道这一点的
如同一只猫
知道身上某个部位痒痒
却没法告诉你生了虱子

暴雨之后
杂草露出原形

其实是草坪草吐出的怨气
它借暴雨将该说的说了
否则草坪工不会来
没有人为它打抱不平

梅雨季节

G118 动车进站

苏州暴雨倾盆

这个季节的雨

久久为功

喂大喂熟了梅子

因此用梅子来命名

很像某某某长大了

她那年老的母亲

常被人叫作"某某某的母亲"

几小时后

G118 抵达北京

北京也在下雨

却下不出一滴"梅雨"

北京生不出梅子

北京没心情

北京的雨来得快去得急

而梅雨

如同长时间生闷气

林黛玉去了苏州

便有了梅雨的脾气

一半甜甜的

一半酸酸的

我要是 G118

就不急着回苏州

得不到的东西酸酸

想得到的东西甜甜

夜幕下的湖畔歌手

他的双臂

不浪费一寸布料

与白色汗衫的短袖持平

风无衣袖可吹

而扑向远处的裙摆

于湖边掀起夏夜的涟漪

我本想

如一只萤火虫掠过堤岸

萤光对夜来说算不上什么

夜都懒得将之掐灭

如果不是歌声

他也不可能发出更亮的光

在我的心里划出闪电

是的,雄性的歌声

仿佛受伤的狮王

疼痛或不屈的嘶吼惊醒睡莲

夜幕忍不住徐徐打开

脚步围成的舞台

比任何一座剧场来得明亮

他出现在舞台中央

每位观众拥有定价权

在美妙的歌声与某种遗憾之间

各自寻找轻重不一的感叹

而我也跟着扫码付款

是因我格外好奇

萤火虫之于夜空的意义

或许止隐藏在他的歌声背后

从袖口省略的部分开始

默默追溯

以此类推

为了看得更远
爱人请来园丁
将窗外的几棵树削去了枝茎
我是反对这么做的
我能感受树的痛
不仅在它的躯体
还包括几年来它的努力
爱人说你不要滥情
以此类推
一片片树叶从枝头飘落
也可算作一次次离别
那么你是否准备好了
为它痛哭一整个冬天
两三年后
它们照样枝繁叶茂
以此类推

天底下的伤痛离别

是否都能得到

痊愈与补偿的机会

背背篓的神农架人

背背篓的人
走在公路上
他的背篓空空
朝天张着嘴巴

公路在山坳里婉转
神农架的山坳之一
也像只大背篓
朝天张开口
祈风祈雨祈阳光

这份虔诚是有回报的
周围山坡浓荫蔽日
没有一丝荒凉

我在宾馆阳台

看着那背背篓的人
走着走着
一转身钻入草木间
消失在秘径上

不确定他是否会原路返回
但愿回来时他的背篓满满当当
也因他的虔诚所致
大背篓会与每个小背篓分享
剩余的都储存着
留给传说——
野人们的口粮

早安，宜昌

昨夜华灯怒放

晨雨夏凉困乏

我立在九楼窗口

距离太近视线遮挡

看万里长江数百米长

江面船体大写"长江三峡"

码头人头密密麻麻

大巴释放大船吸纳

一只优雅的鸟落在窗沿

对视片刻，各干各的

它觅食，我欣赏

餐券握在手上

含早房价八百八

携程飞猪推荐

大众点评做媒

机缘总大于自作主张

给孩子放几天暑假

前不久高考刚挥了下指挥棒

多少人出师未捷

热门景区门票紧张

昨晚和朋友通了咨询电话

他们说请我聚聚,婉拒了

我喜欢君子之交的宜昌

肚子嘀咕自语,后怕地摊的辣

晨跑的人想必早已习以为常

那只鸟又飞回窗沿探望

谁知道是不是另一只同类呢

江水看似平静却处处漩涡

大海如果是家

每滴江水便都是在外奔波的

将万里长江分割成二三万段

各数百米,一天天冲刷时光

轻车已过万重山
——为孩子们说句话

车厢内外

一路盛夏

而我在夏言夏

绝不会干预蝉的聒噪

也不会指责暴雨雷电的酣畅

相比之下,他们

只不过发出了带响的天真

一如放学时的欢快

疯狂的音乐 Party

久别重逢的热情相拥

我理解盛夏的所有正当性

当然就不去苛责他们

同伴嬉戏或缺乏枯坐的耐心

留守儿童即将与亲人团聚的兴奋

抑或身体不适引发的啼哭

他们是车厢里约五分之一的自由

对我十岁前从未出过村庄的经历而言

一份妒忌九份感动

高铁车厢并不是宾馆客房

本质是动感的穿行

在安全的前提下

我喜欢两岸猿声啼不住的诗情

也喜欢游完西陵峡

宜昌站出发

在为孩子们说句话后

轻车已过万重山

恩施小酒厂

恩施的那座山很美
可恩施人低调
只起了个直白的名字
"朝东山"

天下的山
都有朝东的一面
却不一定都有小酒厂
一江之隔
夫妻一双

厂区不大
发酵蒸馏冷却
厢房里五脏俱全
两层主楼一楼
堆满若干酒缸

堂前挂着毛主席像

男主人递烟
女主人倒茶
说买不买无所谓
随便舀几勺尝尝

我问
你这楼是新的
为何还是七十年代的软装
男主人答
那个年代无人造假
我哈哈一乐
那个年代
你们就是资本主义的尾巴
女主人抢话
这不就是进步吗
我们既做生意
又不作假

恩施大峡谷

峡谷

其实是大地的伤口

恩施的格外深

仿佛藏着太多刻骨铭心的记忆

两侧绝壁上的树木

如同精明的和事佬

急于牵手言和

却无法阻止阳光抖搂真相

如我亲眼所见的谷底

怪石嶙峋,伤痕依旧

一提及往事

它的泪便奔涌而出

时而飞流直下,打湿衣衫

时而幽咽泉流,泣不成声

别人谓其美

而我却忍不住扼腕叹息

坚如磐石的一家

是什么让它骨肉分离

人间

许多撕裂的痛是看不见的

它也不愿轻易将自己的遭遇示人

可总有来客絮絮叨叨

一次次触痛它不曾痊愈的疤痕

我故作洒脱

一路沉默

待分别时

它的情绪似乎平复了许多

只才建议它

看远处缓缓流动的河

河面上弥漫着薄薄的雾

那是阳光照耀的脸颊

披挂的一层细细的汗珠

千回万转之后

无数条溪流已闯过峡谷

正一起赶赴明天的路

台风"杜苏芮"

谁给你起的名字
像我的三位老师合体
杜甫、苏轼、芮校长
可你能教会我什么
暴躁的脾气及其成因
大张旗鼓后偃旗息鼓
换个名字卷土重来
一次次冲动一次次退却

树梢的挥手尽显疲态
你的怨怒正洒向别处
却在门缝里留下尾声
事实上,不同场合
你会发出不同的声音
雨是你的口水
滋润喋喋不休的喉咙

烈日下多少旱涝冷暖

我知道你想论个长短

可草木早学会了随风摇摆

蛤蟆并不会感谢你带来清凉

再热的天也热不死蝉

杜甫的茅屋为风所破

苏轼纠结乘风归去的后果

芮校长已经失联多时

是你又将他带回我眼前

野　鸽

天太热
光膀子坐在阳台
看一对野鸽
树荫下踱步

它们好像也看到了我
一个赤裸上身的人
如同脱光了半身羽毛

公鸽说
哪怕只要半个时辰
我也光一下膀子
凉快凉快多好

母鸽说
人的衣服

冬天保暖夏天遮羞

我们的衣服

脱下了,怎么飞行

恐怕会引来杀身之祸

公鸽说

人类却妒忌我们自由

自由地在蓝天穿梭

可自由是有代价的

羽毛是我们不可或缺的防护服

母鸽说

从前人类身上也是长毛的

如今基本蜕化光了

穿不穿衣服

穿什么样的衣服

倒成了新的烦恼

自由为何总伴随束缚

公鸽说

自由或束缚

与衣服无关

取决于他们的心

能否长出翅膀和羽毛

母鸽说

你看阳台上的那个男人

他自由吗

公鸽说

瞧那羡慕我们的眼神

相信他已知道

自己不会比一只鸽子飞得更高

母鸽说

我读出了他的善意

祈祷我俩常相守

一起终老在某个枝头

而不是流浪的天空

或餐桌

鞋　展

你是新加坡人吗

不！我已加入了英国籍

很好

英国多了个会讲华语的人

新加坡多了个英国人策的展

勒布朗·詹姆斯的鞋

林俊杰的鞋

某某女团的绝版定制鞋

志愿者收藏的鞋

雕塑家做的艺术的鞋

没有一双便宜的鞋

展是个好展

鞋是个好生意

我脚上的鞋自惭形秽

我的脚开始冒汗

不！它说

我是在流泪

你也有过几双鞋

绝版的

定制的

无价的

早已扔进垃圾堆的

它提醒了我

回国后

我也着手办鞋展

在心上

在煤油灯下

——陈列着

母亲和婶婶给我纳的

那几双穿旧了的老布鞋

杯 子

我给你买了个瓦伦西亚的杯子
这是儿子在微信上说的
一个未成年人的境外自主采购
购来了几层浅显的意思
在我的若干杯子中
增加了一只杯子
在作为父亲的记忆中
添加了一勺糖
我还没看到这只杯子
还不知道它长什么样子
却闻到了一股浓香
那是半杯淡淡的咖啡
颜色像他晒黑的皮肤
被阳光和汗水浸泡着
与瓦伦西亚网球场的红土
融为一体

金银滩（组诗）
——青海两弹一星基地见闻

一、湟水河

过了湟水河

就到金银滩

金银滩

是湟水河与祁连山的长女

祁连山早出晚归

而湟水河守着金银滩

一守就是几万年

作为一条湍急的河

你在岸边看她

她美

你卷起裤管蹚过她

你美

蹚过她的人

才有资格与她女儿约会

她的女儿貌美如花披金戴银

金露梅银露梅

亮晶晶的星白皑皑的雪

因为有数不尽的金和银

所以你可以一贫如洗

只要你爱得纯粹

只要你无怨无悔

二、达玉部落

湟水河啊湟水河

我是佛的信徒

你为何视我如己出

我像小羊羔吮你的乳汁

像牦牛崽听你唱歌谣

我和你的女儿情同手足

我的毡房正被她捧在掌心

我也有个孩子

名字叫卓玛

粉红的笑脸美过格桑花

你的女儿喜欢她

还有人甘愿做一只小羊

任她的鞭子轻轻打在身上

有一天卓玛告诉我

你的女儿也有了自己的心上人

并打算拿出一切作嫁妆

草场、牛羊和毡房

你的热泪把我的手臂烫伤

可我真心为你高兴啊

为金银滩高兴

一周内

我将带着卓玛和爱她的小伙

迁离生我养我的故乡

去那遥远的地方

三、二二一厂

爱我的人来了

我爱的人来了

你是蹚过我的母亲河来的

逆着四散的一串串马蹄

达玉部落没带走蓝天白云

甚至没带走一枝露梅

而我用雪水擦拭完脸颊

为远道而来的爱人献上哈达

我把三顶帐篷给你

在干打垒里引入月光

用缺氧寒冷考验你的清醒

用旷野的狼嚎老鼠的嬉戏

为你赶走寂寞,用饥饿

让你成为青海湖的莫逆之交

我把棉猴与保密本给你

也给你三硝基甲苯和铀235

我把十八个厂区给你

也将你浓缩成邮箱里的信笺

我想面向群山喊出爱你

又担心一开口便动地惊天

青春洋溢的你来了

风度翩翩的你来了

满腹经纶的你来了

万里挑一的你来了

从此你却像不知名的花儿

摇曳在金银滩上

没有人知道

若干年后

这八万朵花儿竟那样珍贵

每一次凋谢都令人心碎

高原的夜空格外璀璨

金银滩因你星光熠熠

四、金银滩

祁连山始终不见老

湟水河日夜在忙碌

我终于可以乘着高铁来看你

而你

十八爿厂房空着

一如你曾经的守口如瓶

老态龙钟的铁轨心有余悸

不敢想曾背负过两弹一星

太重了太重了

整个国家的重量压在肩上

太远了太远了

扑朔迷离的未来由此改变

可如今

那些花儿一样的人

都到哪儿去了

在这燥热的夏天

你的芳华可否带来些许清凉

我不想骑着马儿去赶集

想只想变成蝴蝶传花粉

变成蜜蜂采花蜜

而你径直托起我三千米

让我离太阳的爆轰越来越近

我的心开始沸腾

眼角泄漏出蒸馏水

凝结成两行滚烫的泪

你的幸福蛊惑了我

可爱的小女孩

一步一回头

时而向远处眺望

时而向远处挥手

她站在母亲和姐姐中间

母亲在她前头

姐姐在我前头

我们在一条队伍里

缓缓靠近安检口

她一次次提醒

说爸爸还没走

姐姐回头的次数次之

妈妈则更显矜持

我也忍不住回头

看见一个男人

投来笑盈盈的目光

挥手再挥手

沉浸于情绪的此起彼伏

真令人羡慕

幸福的一家四口

只是

年纪最小的那个

最自然地将情绪外露

证明大庭广众之下

年纪越大

掩藏越多

我悄悄向姐姐打探

你们是来西宁探亲

还是外出旅游

姐姐话音刚落

我便瞄了眼远处的男子

暗自嘀咕

小子

你的幸福蛊惑了我

一次短暂的旅游便难分难舍

如此缺乏城府

未来该有多少笑不出的时候

山峦起伏,仰面朝天

每个女人

都渴望成为爱情的一部分

男人何尝不是呢

可以做一朵飞翔的云

暴雨倾盆的一刻

草尖叫起来

树的声音略低

昨夜

在猫的婴儿哭中失眠

类别的划分

穿越时才显意义

草和树懒得移动脚步

却不错过一次次茂盛

我说过

树是树的孩子

大地才是真正的母亲

那么雨水是什么

阳光如血液

输送所有的养分

雪花落下

枝叶枯黄

当所有人心如止水

晚霞陷入回忆

山峦起伏,仰面朝天

让我唱歌给你听

李玟,请息怒
让我唱歌给你听
歌应该是你最爱的东西

你知道
我甚至算不上班级好声音
但如果我足够认真
或许你愿为我转身

我不想歌唱爱情
爱情里有长夜和谎言
也不想歌唱生活
生活中有陷阱和伤病

我也不去歌颂你的美
美丽的容颜常昙花一现

我也不去歌颂你的心

敏感不见得比麻木更实惠

要唱我就唱摇篮曲

希望你做回无忧无虑的孩子

让我的轻吟伴你入眠

一天一天再一天

我声明

摇篮曲不同于安魂曲

你的灵魂不妨自由地飞

何必理会人世的坎坷不平

而以孩子的瞳孔望向憧憬

如果我的歌喉五音不全

你尽管用哭泣表达抗议

我会像亲人拥你入怀

为你擦干伤心的泪

眼　泪

男儿有泪不轻弹

女孩也该如此

我希望你把眼泪弹向幸福

喜极而泣的那种

而非期待眼泪去解决问题

眼泪只解决表白

或首先欺骗自己

好像流尽泪水

情况便得以改变

其实它只延缓了一些进程

让时间帮助消化

一时无法消化的东西

因此，最划算的做法

是让眼泪去延长幸福

一生会有那么几回

泪倒流进骨髓

杂感·无题

总有人喜欢指桑骂槐
云云唧唧我听不明白
魑魅魍魉都入了画卷
强凫变鹤诱人跪舔

老祖宗的话我学过千年
克己复礼仁义在肩
你抱把吉他就风度翩翩
翻的云覆的雨巧设门关

桃花结子却恨更风
倚卧金阁妇人尤怨
美言似信观者天昏
听者不明浼夫似贤

你把花花世界花了个遍

你让落英缤纷落下个残

你麦克一开拥趸如潮

温饱了的肠胃走丢了个魂

天下兼爱天下治

从来乱从交恶来

凭这么叽叽哇哇心难平

想当年两弹一星怎上天

聪明的风

风是聪明的
见缝钻缝
遇山随形
身段比水柔软
擅长与所有对象攀谈
四处风言风语
或称之天籁之音
心却机敏
北风有南方的情报
南风有北方的内应
寒来暑往
也不算无原则的搬弄是非
谁强从谁
绵绵细雨或瓢泼大雨
它进出自如
却不被淋湿

说明并非真心伤悲

时而逢场作戏抹泪

人心不古

它也不肯拘泥

天空或明或暗或高或低

轮　子

一上高铁
就站在了轮子上
就把自己交给了轮子
钢轮紧咬铁轨
圆轮屹立成线

轮子转一圈
如同完成起承转合的一件事
有时是飞驰的轮子转得快
有时像列车起步时格外难
可没有哪件事永不翻圈
上一圈下一圈
不想重复又时常轮回

地球一天是一圈
地球一年也是一圈

爷爷的一生一圈

父亲的一生一圈

明一圈暗一圈

实一圈虚一圈

我也活在轮子上

成一圈败一圈

爱一圈恨一圈

从这站到那站

从出发到终点

轮子本为转动而生

如同人活着

就有活着的使命

只待一种力

类似庄稼钻出土地

绿色挤占田野

牵引我们向前

Chinese power
　　——致张志磊

潇洒的右拳出击
一位壮汉倒地
你淡定转身
飙一句对手的母语
This's Chinese power

你的对手乔伊斯
洗净鼻腔的血迹
对着镜头说
你是伟大的拳手
真正的勇士

有人只相信拳头
相信霍元甲叶问海灯法师

有人只相信实力

几个世纪的坚船利炮

对付一群赤手空拳

Chinese power

曾经哭泣

Chinese power

在你的上勾拳中苏醒

从此

我不再计较你的输赢

没有一次次跌倒

就没有 Chinese power 的雄起

一个你摘下皇冠

一万个 Chinese 跟进

找工作

找份称心的工作很难

难就难在大家都读了很多书

难就难在那些书

没教会我如何应对这些难

工资少一点不可怕

怕就怕一直少下去

一直追不上物价

一直还不清贷款

一直离不开父母的肩膀

而上司用长辈的口吻

要我做个好青年乖乖听话

然后告诫：单位不是家

怕就怕纯真的往昔

真的就从此无家可归

点击二斤猪头肉

从吃到穿从歌到舞
土特产至时尚顶奢
主播主播，我为你点赞
燃情弹幕。直播间
星罗棋布，夜因你沸腾
亿万只手机生机勃勃
天涯邻里，琳琅满目
我愿你生意兴隆
张骞驼铃悠扬
郑和船帆不落
我等你将我俘获
罗马绫罗绸缎
君士坦丁瓷碗玉镯
唐宋明清为汉服染色
繁花似锦诠释无商不活
购物车难耐寂寞

你说你家的味道特别

我的食指便垂涎欲滴

点击二斤猪头肉，买入

计划再淘瓶贺兰红

喜迎中秋

观影之后

醉意尚未褪尽
石阶散着热气
太阳早已入睡
夜睁大眼睛

刚看完一场电影
讲了两三段爱情
心里苦苦酸酸甜甜
我应该还算年轻

男主角似曾相识
只是更会演戏
身后藏着哪位编剧
抄袭了我的故事

女主角换了姓名

演绎别人的往昔

爱就这么神奇

万种风情又大同小异

多少不可逾越的堡垒

都已被岁月摧毁

如同一次次酒醒

杨柳岸，晓风残月

谁将我从石阶扶起

有只手晃动夜光杯

是时候踉跄而去

一片暗香来袭

天 上

太阳挂在天上

月亮挂在天上

可是,天呢

就在我的山顶之上

就在我的屋檐之上

就在我思念你的心上

合上眼

云儿飞在天上

大雁飞在天上

可是,心啊

我也想生出翅膀

飞到不会被你遗忘的地方

怎奈树在舞、雨在下

必有千里马错过千里

必有千里马错过千里
如同好名声错过好的价钱
必有马厩的千里之外
蹄踏飞燕越不过人间烟火
耕田推磨拉车
老酒馆的一坨香肉
必有伯乐途中夭折
名利所俘或十里之囿
或有登堂入室之幸
一路欢歌的金鞍玉勒
必有腥气的皮囊招惹蝇虫
板结的长鬃辜负春风
必有心思归于寂寞
反刍干草与几番交媾
必有夕阳的回眸确认
一袭红尘一副傲骨

而我喜欢极夜

夜
认真地告诉我
阳光缺席时的样子
黑是一种累赘
星星锦上添花
而灯是种痛刺入骨髓
赤道附近
夜的寿命极短
来不及完成自己
如同一锅夹生饭
喂不饱流浪汉和难民
以及饥渴的魂灵
而我喜欢极夜
活着的继续活着
死去的等待复活
一切都在路上
伸手不见五指

短歌行

大　地

（一）

支撑我们行走

却时刻准备着

将我们拽回怀里

（二）

树叶很轻

但总有一只手伺机扯下它

生命很重

遭遇也大抵如此

很想会会

这个轻重不分的家伙

希　望

再大的雨

也下不光天上的云

总会留一些给彩霞

日　历

时间用不紧不慢的面孔

蒙蔽所有人

只有日历

让我们清醒

并拥有年龄

年　轮

树,不识字

每过完一个春夏秋冬

就在心里画个圈圈

仿佛在默默提醒自己

这辈子

要认真对待每一年

岁月的颜色

岁月是白色的

把黑头发染成白头发

相对论

人的渺小在于人外有人

天的伟大在于天外有天

潮　汐

大海

像一个人的肚子

吸气时鼓起来

呼气时瘪下去

瀑　布

去看山

山打开话匣子

瀑布口是它的喉咙

飞流是它的语言

它好像有说不尽的好奇和寂寞

金鸡湖

不是海

装不下朝阳

没有山

藏不住落日

却刚好能搁下我的明月

那些阴晴圆缺的生活

好　人

饭后漱口

看起来清清爽爽

再用冲牙器冲牙

又冲出不少残渣

如同缺点、毛病

藏在好人身上

官　场

如同乘电梯

有人升

有人降

记住自己要办什么事

该往哪个楼层去

别妒忌别人总往上

摩天大楼

古城区建成了一幢摩天大楼

天空很痛苦

如同一根刺扎在胸口

大　坝

原以为圈住了一群野驴

可闸门一开

野驴跑得更欢

童子功

十岁前

从没出过村子

没见过坏人

这个童子功

让我终身受益

好奇成窃

为弄清田垄里埋藏的秘密

刨出几只手指粗的山芋

结果被村长抓了现行

定 位

某个星星满天的夜晚

第一次听邻居大妈讲牛郎织女

当场就锁定了他俩的方位

同桌住前村

我在后庄

直线距离三百米

基 因

儿子喜欢收集仿真枪

如他这般年龄

我喜欢收集解放军军帽上的五角星

枪杆子是我们共同的基因

秃　发

没胡子的时候

头发长得很好

长胡子以后

头发便越来越少

一直想不通

头发为什么要与胡子赌气

光　头

也不是一毛不拔

只是该拔的不该拔的一起拔了

长头发的地方挺委屈的

总受不长头发的地方牵连

柴达木盆地

想找片树荫

歇歇脚、看看风景

她反复道歉

对不起

我五行缺木

茶　卡

茶卡盐湖的盐

证明青海原来是片海

这么多年过去了

盐还是盐

糖醋排骨

太甜了

像在刻意掩饰猪生苦难

让我难以下咽

安眠药

杀死所有胡思乱想

只留一条活路

——睡觉

邀请函

老朋友的女儿办婚礼

微信发来邀请函

函里的婚纱照美丽动人

我想起朋友爱人大肚子的样子

不敢相信一晃已过了这么多年

无脊椎动物

没有战争

历史便是无脊椎动物

没有英雄

战争便是无脊椎动物

没有爱

英雄便是无脊椎动物

没有国

爱便是无脊椎动物

和平是件很难的事

纱窗关得很严

可还是有蚊子钻进来

那嗜血的冲动

充满了智慧

我不想杀生

可这世上

和平是件很难的事

阳台瞬间

一阵风吹来

夹克衫从晾衣架上跌落

砸中一盆兰花

兰花瓣散落一地

不知是风借夹克衫之手摘花

还是夹克衫借风之手摘花

我将夹克衫从地上捡起

才发现问题出在夹克衫身上

因为我抖了又抖

它还是紧抱着几片花瓣不放

倒春寒

刚暖和了几天

忽然间又冷了

好像热恋不久的女友

闹分手

信

（一）

那年头

没有电子邮件和视频聊天

几个星期等一封信

所以几年只够恋爱一回

(二)

写信、寄信不方便

就习惯把最复杂的想法

归纳整理成书面语言

见面时

反倒笨嘴笨舌

(三)

过去写信用纸笔

邮局挣钱

现在写信用电脑手机

咖啡馆挣钱

(四)

全村的狗见了他摇头摆尾

全村的门他可以自由出入

自行车上挎着两只绿袋子

上面写着"中国邮政"

不知他如今是否健在

可我还记得他的名字叫"小陈"

(五)

我懂父亲的意思

给他寄信

要用印有大学名字的信封

他看信

邻居看信封

(六)

没念过几天书的父亲

给我回过几封信

笔迹歪歪扭扭

可在我眼里

每个字都苍劲有力

(七)

副班长人缘好

因她掌管班级的信箱钥匙

(八)

女儿读书时

担心她写情书

等工作了

担心她不写情书

(九)

给儿子写封信

本想给他惊喜

可他说

信上有股味道

——酸腐气

(十)

偷看孩子的书信是错误的

可又常有犯错的冲动

（十一）

最短的信

是信封寄走了

信忘在桌上

（十二）

最长的信

是没完没了的微信

（十三）

分手时

她想要回她写给他的信

他就乖乖给她了

没想过

这是在尊重知识产权

(十四)

她发现

他把她想要回的信收拾得整整齐齐

那一刻

她有点回心转意

(十五)

情书

本质上是非物质文化遗产

但不宜长久保存

(十六)

情多变

书一脸蒙圈

(十七)

纸是耐高温防火材料

容得下最最炙热的情

(十八)

一根火柴

可以消灭一堆精神遗存

(十九)

情书着火的时候

通常

内心下雪

用情书的余烬取暖

等于

雪上加霜

(二十)

互联网时代

送出情书太容易

所以离婚率居高不下

爱　情

（一）

有人早就说了

爱情是有价的

比生命贵一点点

比自由便宜一点点

（二）

爱情虽然比生命贵一点点

但千万不要随便拿生命去换

往往便宜的东西更重要

比如阳光和空气

（三）

自由没了

爱情就是枷锁

（四）

和学开车差不多

光有理论知识不行

要在恋爱中学习爱情

(五)

初恋,我们不懂爱情

因为所交学费不够

(六)

爱情的绝望

常缘于学费太贵

(七)

学费太贵

不妨换一个学校

在下一场恋爱中

轻松一些

(八)

有人会煲心灵鸡汤

却不能说真懂爱情

如同医生看不了自己的病

同　情

蝉为你唱歌

蚕为你织丝

因为它们都有涅槃的经历

同情生命不易

车载导航

知道许多人想大红大紫

故用红得发紫

标志十分拥堵路段

星　空

每颗星星的质量都很大

只是因为离得太远

所以对我来说

他们是一窝鹌鹑蛋

苏格拉底

（一）

那么伟大的古希腊

竟也犯过错

处死苏格拉底

（二）

知道自己将被处死

他主动往毒酒杯上撞

苏格拉底就成了苏格拉底

（三）

没有苏格拉底

会不会有柏拉图

会不会有亚里士多德

会不会有古希腊那么厚重的历史

答案无人可知

(四)

他们年龄相差无几

都做过老师

都出过书

书都是学生代笔的

年长的叫孔子

年轻的叫苏格拉底

(五)

孔子住东面

苏格拉底住西面

东边亮了西边亮

钓　鱼

当我将鱼钓出水面

我会感到一阵窒息

一个人溺水与一条鱼出水

何其相似

恐惧与绝望蔓延

而这却是游戏

令人着迷

游 戏

（一）

一辈子重复一种游戏

将明天变成今天再变成昨天

明天用完了

游戏也就结束了

（二）

把明天叫作昨天

把昨天叫作明天

这是一种新游戏

——时光倒流

功 夫

几只杯子装满水

放在托盘上

这杯子叫大洋

托盘叫地球

有人端着这托盘

以日行八万里的速度飞奔

杯子里只晃起层层浪

却不泄漏一滴水

换作我

早把杯子里的水晃荡光了

交响乐

(一)

闭着眼睛听

空气里好像长出了东西

(二)

这东西在掌声中夭折

稍纵即逝

(三)

每只曲子都是一个生命

唱片就是她的相片

(四)

约翰·施特劳斯与小约翰·施特劳斯

是父子

他俩的作品

是兄弟

(五)

不敢相信

《蓝色多瑙河》

竟比我亲眼看到的多瑙河更美

(六)

贝多芬

自己耳聋了

却让我们的耳朵

余音不绝

诗　人

(一)

用深沉的语言讲深沉的思绪

有时

这深沉只有你懂

(二)

你说别人懂不懂无所谓

辜负了别人的一份痴情

(三)

痴情就是白痴之情

由白痴的诗与诗的白痴构成

(四)

诗人可以发光发电

产生1万度左右的热情

在融化别人之前

先融化自己

诗　歌

（一）

用文字编织网

捕捞四处飞溅的火花

（二）

一首好诗

不在于意象庞杂

而在于意象穿透

或深或广

深则穿透到底

广则拓展到边

环环相扣

步步动心

(三)

读一本诗集

就是去一片原始森林

捡拾散落其中的种子

播撒在自己心田

如果有足够的阳光和水

就可培育新的生命

(四)

我们伟大的母语

爱着她的每一个孩子

(五)

我喜欢的孩子

阳光、开朗、自由、纯净

街 道

(一)

我们都是街道

时而各奔东西

老死不相往来

时而交织在一起

一辈子无法分开

(二)

车就是车

在这条街上

就不在那条街上

可免不了要从这条街转入那条街

车没啥感觉

街心里会咯噔一下

这条若有所失

那条若有所得

(三)

大名鼎鼎的街

常常为名所累

被更多的人踩

寂寂无名的

却忍不住长出几根草

探头探脑

巴巴地望向远方

盼人来

时　间

（一）

时间是一台发动机

活着，天天推着我们向前

死了，坚定地为我们殉葬

并不像别人说的那般无情

（二）

因为永恒

所以孤单

她总希望有人陪她一程

而我只能陪她几十年

剩下的交给别人

(三)

不确定她能记住你多久

取决于你

活着时对她的态度

(四)

等她老了

行将死去的时候

她一定会因无人送终

而悔不当初

(五)

她的死亡原因

应该是太多的回忆冲撞脑门

导致颅内出血而亡

宇　宙

(一)

玩得太大了

收不住手

自己都不知自己想要干嘛

(二)

我不相信你全凭意气用事

却也弄不清你如此膨胀的理由

(三)

你一定听不懂我的话

因为我连你肚子里的一枚细菌都不如

可我还是想问

你是否有自己心爱的人

(四)

如果没有母亲

你从哪里来

如果没有爱

你活着为什么

(五)

生命地球星星
一切都是你给我的
这不公平
我又能为你做些什么

(六)

如果你爱着另一个宇宙
我愿代你写首情诗
这首诗我一定认真写
要让它比玫瑰更值钱

除 夕

一日除去一岁景
寒冬不觉春已临
年年今宵无月夜
户户堂前烛光明

踏雪归途千万里
颠扑不破故土情
且饮团圆一杯酒
莫问几时又钱行

由浦东望浦西

浦江两岸竞峥嵘
耄耋老叟对孩童
曾经一床抵一房
而今床房喜相同

明月半羞霓虹暖
旌旗漫卷别样红
同心共襄复兴梦
百舸千帆话英雄

水坊路即景

江南七月桑拿天
骤雨冲淋暑热消
夏蝉疑闻秋声起
半晌枝头怕喧嚣

华灯初放飞蛾舞
水坊路边汇人潮
撸串喝酒专门店
月牙弯里手工饺

2022 年夏

今年酷暑长

绿树夏日黄

蝉渴声嘶哑

河瘦露沙床

俄乌烽火旺

欧亚染电荒

向天借华佗

问药地球伤

壬寅年中秋

岁岁金素玉盘圆
任尔秋歌喊万年
青山不老草木新
人潮如斯摒旧颜

家和更喜围炉暖
一同两岸国乃安
江河湖海争邀月
潜入波心共缠绵

山下方塘

山下村中一方塘

三鹅两鸭洗漱忙

或闻假日故人归

沐浴更衣勤梳妆

塘边绿荫似华盖

含山抱水景观房

欲问群禽何所属

年逾四百老香樟

田园采摘记

望尽西山无闲地

除却瓜果便是茶

但喜小叔三分田

一片青葱隐山下

弯刀割韭手摘茄

山芋藤浆沾豆荚

诚邀客官隔周回

苋菜已露红嫩芽

2022 圣诞夜纪事

长街寂寞闹市空
疑尽阳人宅家中
传言今宵平安夜
不见华灯映杉松

驱车扫荡三爿店
未尝收获一片功
退烧化痰药何在
圣诞老叟求相送

悼同乡星云大师

千年鉴真转世生

一朵星云四重恩

空无妙有菩提种

僧俗共仰诀别文

法相庄严滋善心

兴教济贫植慧根

魂归故里元宵夜

仙女镇上走花灯

注：仙女镇为星云大师的故乡——江苏江都的中心城区。

游宜兴

鸟语纷纭似彩铃

鸡鸣和唱飙高音

不知客官夜半至

催君早醒出龙隐

竹海春笋忙破土

阳羡茶尖露珠明

湖光山色林荫里

一路朝阳赏宜兴

赠友王东

山峦青翠春渐老
但喜重逢夏日情
经年经月不经意
隔山隔水难隔心

呼朋唤友听松涛
江南聚齐黑吉辽
小葱蘸酱打卤面
共话东北好味道

登天游峰即兴

上山一只猴

下山一只虎

雨中登武夷

手脚齐攀附

九曲沐玉足

云雾作头箍

流连错车程

皆为此景误

武夷神石

武夷一神石
默默路边坐
学问十亿年
不肯作师说

苔藓接地衣
断面新如初
草本连树木
植物历史书

癸卯年中秋望月

年年中秋月巡天

明眸犹似古时圆

望尽山川丰与歉

细察人间苦与甜

喜怒哀乐无常事

盈满昃亏本自然

苍生祈愿系于身

渴盼乾坤多贤能

登温州江心屿

(一)

云山雾雨汇成流
芝麻花生小磨油
瓯江秋波金色浪
遍地商贾是温州

瓮城不知岸渐远
朔门犹在候晚舟
天涯多少永嘉客
梦吟南曲慰乡愁

(二)

孤屿无意邂君王
一抹清辉遗赵构
片帆有情赠故土

几番沉浮沙垒洲

一点一滴起高楼
四千四万竞春秋
榕树健步登塔顶
古港存志弄潮头

后 记

一

常想发表些对诗歌尤其是当下诗歌的看法,但头脑中又时常会闪现出古希腊德尔菲神庙入口处石柱上的那句话"认识你自己",以及苏格拉底对此的回应"我无知"。是的,相对于许多专业的诗歌评论家来说,我是无知的。康德在《判断力批判》一文中说:"在一切艺术里诗的艺术占据着最高的等级。"然而,无论透过个人实践、经验还是观察,我都无法为诗歌找到康德所赋予的这份"自信"。或许康德是从哲学角度来谈这件事的,而对于哲学,我则更加无知。

近段时间,碎片式地读了几本书。其中包括:《必有人重写爱情》(北岛著)、《诗歌英雄·海子传》(余徐刚著)、《小海诗学论稿》(小海著)等,重温了中国当代诗坛一些有趣的人和事,心中颇有感触。改革开放四十多年来,中国当代诗坛的变迁,与时代的步伐一样,"沉舟侧畔千帆过""柳暗花明又一村",涌现了食指、北岛、舒婷、顾城、杨炼、欧阳江河、海子、西川、于坚、伊沙、翟永明、韩东、小海、余秀华等几代优秀诗人,诞生了许多优秀的作品。进入 21 世纪,令人耳熟能详的诗人、诗作似乎少了,诗歌的热度似乎大不如前。但我认为,这些只是表象。相反,中国当下诗歌正在向某些更加积极的方向转化。

诗歌并未缺席于当下生活,而是在加速着某种分化。比如,传统诗人与词作家的分化。众所周知,许多家喻户晓的流行歌曲,单就歌词而言,也是语言优美、富于哲理、富于情感的。若干年前,我就曾将流行歌曲歌词作为诗歌文本来研究,从而完成了自己的本科毕业论文——《试论中国当代流行歌曲歌词的艺术走向》。当然,不是所有诗歌都可以成为流行歌曲歌词,但好的流行歌曲歌词一般都具备优秀诗歌文本属性。许多人喜欢莫文蔚的《当你老了》这首歌,但很少有人知道,这首歌的歌词是由爱尔兰诗人叶芝创作于 1893 年的同名诗歌而改编的。流传很广的电视连续剧《三国演义》的主题歌歌词就是明代文学家杨慎的《临江仙·滚滚长江东逝水》一词,而海子的代表作《面朝大海,春暖花开》也被谱成了曲,成了不错的流行歌曲。

诗歌加工为流行歌曲歌词,与诗人兼职词作家一样,是艺术融合的时代要求,也是诗歌传统的自然延续。中国古代,诗歌有"声诗"和"徒诗"之分,入乐为歌词,出乐为诗歌。在没有所谓"普通话"的时代,诗歌的广泛传播更需要仰仗其"音乐性",恐怕是找不到比"吟唱"更好的办法的。"中国现代语言学之父"赵元任先生说过:"诗是诗,歌是歌,诗歌愈进步,它们就免不了愈有分化的趋势;太坏的诗,固然不能作顶好的歌,可是好歌未必是很好的诗,顶好的诗也未必容易唱成好歌。"这里,一方面,赵先生指明了诗与歌词存在分化的趋势;另一方面,赵先生又连用了两个"未必",也就是说还存在着"可能",可见他并没有将诗与歌词的关系彻底隔绝、相互转化的通道彻底堵上。

将诗与歌词刻意分开,使其老死不相往来,不见得就是好事。鲁迅先生有段话很有意思,他说:"诗歌虽有眼看和嘴唱的两种,也究以后一种为好。可惜中国的新诗大概是前一种。没有节调,没有韵,它唱不来;唱不来,就记不住;记不住,就不能在人们的脑子里将旧诗挤出,占了它的地位……新诗直到现在,还是交倒楣运。"在鲁迅先生看来，新诗"交倒楣（霉）运"的原因是"唱不来"；那么，随着如今作曲、配器水平的提高，演唱能力、技巧的精进，说唱等表演形式的兴起，新诗越来越"唱得来"岂不是一件大好事？因此，判断当下诗歌繁荣与否，如果无视许多"隐形诗人"——词作家的贡献，我想是很难得出客观公允的结论的。

北岛在《远行——献给蔡其矫》一文的结尾处，写了一句意味深长的话："我们自以为与时俱进，其实在不断后退，一直退到我们出发的地方。"这句话让我看到了北岛对诗歌的深刻感悟。北岛与蔡其矫，分属新老两代诗人，诗歌风格有很大的差异，可以说是"长江后浪推前浪"的关系。可是，后浪之于前浪，再怎么与时俱进，也不能忘记"初心"，亦即诗歌之所以成为诗歌的那个东西。如同，人之所以成为人，是因为人性；文学之所以成为文学，是因为文学性；诗歌之所以成为诗歌，是因为诗性。由此反观当下诗歌，繁荣或衰落、进步或退步，不能简单地以诗歌的社会影响力或诗人的社会地位等因素作为判断标准，而是要将诗歌艺术本身是否得到更好发展作为一个重要判断标准。

从这个角度出发，我认为，当下诗歌是繁荣的，也是进步的，因为无论是诗歌文本的多样性、触及内容的丰富性、艺术手法的灵活性还是传播手段的时尚性，它都进入了一个全新的天地。它表面上的"后退"，实质上是在向北岛所谓的"出发的地方"靠近。从个体经验来看，与以往相比，当下诗歌反而放下了许多功利性的东西，"诗到诗歌为止"——正进一步向本体回归，呈现更加独立、自由的发展状态。

瑞典诗人特朗斯特罗默写道："我受雇于一个伟大的记忆"。没错，为"记忆"而写，正成为许多诗人的共识。诗人的本能就是借助诗性的语言写下关于自我和时代的记忆。如果非要选择一种艺术去呈现一个民族的心灵发展史，那么我相信，它一定非诗歌莫属。而源源不断的诗歌长河就是中华民族心灵成长史的艺术写照。

但能否写出"伟大的记忆"，始终是诗歌需要面对的问题。个人认为，伟大的诗歌与"伟大的记忆"之间是镜像关系。这当中需要一面好的"镜子"，我把这面镜子理解为科学的诗歌批评。科学的批评对于繁荣诗歌创作具有重要的意义。

二

坚持以人民为中心的发展观,创作思想精深、艺术精湛的文艺作品,是时代对于包括诗人在内的广大文艺工作者的深情呼唤。但现实中,也有一些值得思考的现象。比如:从小学到高中到大学,我们的教科书选取了古今中外若干诗歌作品供学生学习,可是在中考、高考作文命题时,却常常要求考生"诗歌"体裁除外,这是为什么?再比如:我们有很多培训班(绘画、音乐、舞蹈、公文写作等等),却很少有诗歌写作培训班,这又是为什么?

个人认为,上述现象的根源,在于科学的诗歌批评体系的缺失。我们在诗歌教学中,一味注重讲述一首诗歌的"社会意义"——表达了什么、揭示了什么、反映了什么,却很少去讲述这首诗如何用诗性语言——而非小说语言、公文语言、历史学语言、政治学语言、社会学语言……去表达这样的"社会意义"。简单地说,学生们在学诗歌,主要是在学诗歌之外的东西;知其思想精深,却难以知其为何艺术精湛。

西方文学理论中的有些观点,我们可以不尽认同,但也不妨兼听则明。茨韦坦·托多洛夫指出了社会学批评的实质,即一些批评家或精神分析批评家处理一部文学作品时,他们所感兴趣的不是对作品本身的了解,而是对那部作品所呈现的一个抽象结构的了解,诸如社会方面或精神方面的结构。① 法国著名文学理论家罗兰·巴尔特(又译罗兰·巴特)曾直白地指出,我们应该摆脱这种意念,即认为文学科学能告诉我们作品的确切意义。它不赋予、更不能找到任何意义,而只述说,按照什么逻辑来说,意义是由人类象征的逻辑以可接受方式生成的,就如法语的句子被法国人的"语感"所接受一样。②

既然茨韦坦·托多洛夫认为分析作品社会意义的批评是一种"外在的批评",罗兰·巴尔特认为文学科学不能"告诉我们作品的确切意义",那么我们不妨思考:什么是"内在的批评","文学科学"研究的对象究竟是什么?

雅格布森在《现代俄国诗歌》(1921)中说,文学研究的对象不是文学,而是文学性——即使一部特定作品成为文学作品的那种东西。……文学史家们运用了一

---

① 茨韦坦·托多洛夫:《叙述的结构分析》,载朱立元、李钧主编《二十世纪西方文论选》(下卷),高等教育出版社,2002,第140页。
② 罗兰·巴尔特:《文学科学化》,载朱立元、李钧主编《二十世纪西方文论选》(下卷),高等教育出版社,2002,第133页。

切——人类学、心理学、政治学、哲学。他们创造的不是一种文学学,而是多种简朴学科的大杂烩。他们似乎忘记了他们的文章已迷入相关学科——哲学史、文化史、心理学史等等——而这些却可以有理由地只把文学名著当作有缺陷的、从属的文献来使用。① 韦勒克和沃伦并不刻意地反对文学的社会学研究,但他们将文学科学的本质定位在社会意义之外,即"文学作品最直接的背景就是它语言上和文学上的传统"②。

伊格尔顿对坚持用马克思主义文艺理论进行文学批评的人们提出了建议,他认为真正的革命艺术家不能只关心艺术目的,也要关心艺术生产的工具。"倾向性"不只是艺术中表现正确的政治观点;"倾向性"表现在艺术家怎样得心应手地重建艺术形式,使得作者、读者与观众成为合作者。他建议我们可以视文学为文本,但也可以把它看作一种社会活动,一种与其他形式并存和有关的社会、经济生产的形式。但他的结论仍是科学的批评应该寻找出使文学作品受制于意识形态而又与它保

---

① 哈泽德·亚当斯编《柏拉图以来的批评理论》,哈考德·布雷丝·乔发诺维奇出版公司,1971,第828-846页。
② 雷·韦勒克、奥·沃伦:《文学理论》,刘象愚、刑培明、陈圣生、李哲明译,生活·读书·新知三联书店,1984,第106页。

持距离的原则。——要做到这一点,就意味着将文学作品理解为一种形式结构。① 这些论述无疑可以带给我们一些有益的启示。正如科学无国界但科学家有国界一样,诗歌无国界但诗人是有国界的,当代中国诗人一定要积极拥抱生活、拥抱人民,书写好关于这个时代的"伟大的记忆"。同时,诗歌有其独特的"形式结构",需要我们对其加深理解,从而帮助诗歌更好地完成自身使命。

三

有一个有趣的现象:不少西方文学理论家将文学科学的研究对象认定为"文学性",并最终落脚在"形式"上;而"形式"一词在中国人眼中却是饱受争议的。现实中,"形式"一词,常常是"华而不实"或"不切实际"的代名词。"形式主义"也与"官僚主义""教条主义"等人皆痛恨的贬义词同属一类。而在现今常见的文学评论中,与"主题""内容""材料"等关键词相比,"形式"的地位显然是卑微的;通常被视为技术性的方法手段等,而且还常将它与"结构""语言"等混为一谈。

---

① 伊格尔顿:《马克思主义与文学批评》(节选),载朱立元、李钧主编《二十世纪西方文论选》(上卷),高等教育出版社,2002,第711页。

其根源在于:"形式"在文学研究中的地位及其意含指涉在东西方话语体系中存在着迥然差异。

蒋孔阳认为:"在西方,从亚里士多德开始,一直到康德,都是偏重于从形式方面来谈美,……从黑格尔开始,方才从内容和形式的统一的观点,把美说成是理念的感性显现。"①

这是很有道理的。黑格尔指出:"一定的内容就决定它的适合的形式。"② 也就是说,在内容和形式的统一中,内容是第一位的,是起决定作用的因素。由此,黑格尔颠覆了西方自古以来的美学传统,第一次使"内容"高居"形式"之上。

但 20 世纪西方美学的主流仍不可思议地回归到了黑格尔以前的西方美学传统,这就是美国文学理论家艾布拉姆斯所谓的"客观化走向",即文学研究方法原则上把艺术品从所有这些外界参照物中孤立开来看待,把它当作一个由各部分按其内在联系而构成的自足体来分析,并只根据作品存在方式的内在标准来评判它。③ 最具代表

---

① 蒋孔阳:《德国古典美学》,商务印书馆,1980,第 245 页。
② 黑格尔:《美学》第 1 卷,朱光潜译,商务印书馆,1979,第 18 页。
③ 艾布拉姆斯:《镜与灯》,郦稚牛、张照进、童庆生译,北京大学出版社,1989,第 31 页。

性的就是俄国形式主义和英美新批评学派,他们坚持相同的文学观,认为使文学成为文学的"文学性"不在内容而在形式(主要指文本 text)。于是,音韵、词义、语境,以及含混、隐喻、张力、反讽等修辞手段便成了他们最关心的话题。由此汇集而成的 20 世纪西方美学的主流,可以说就是形式崇拜的美学。

不过,在中国却呈现了另外一种情形。

赵宪章先生指出:"如果我们一定要寻找中国美学的'元概念'的话,那么,它不应该是'形式',而应该是'内容',其中包括'神'、'志'、'心'、'意'、'情'等等所有具有'内容'涵义的概念。"① 的确如此,中国是诗的国度,但真正将诗作为诗本身去对待的却少之又少,因为诗从来都是"意义"——"内容"的附庸,至于诗是如何表达或为什么能够表达"意义"的问题,包括研究探讨其"语言上和文学上的传统",则鲜有深究。中国人习惯于从审美和艺术的经验去谈诗歌,而缺乏把诗学当作一门科学去对待。

西方形式美学一般有明确而坚实的思辨哲学作为它

---

① 赵宪章:《西方形式美学》,上海人民出版社,1996,第 32 页。

的理论基石,因为它们均出于富有科学理性精神的哲学思想家之手。而中国则有所不同,因为"中国美学家少同自然科学结缘,……多为政客、教徒或作家,他们或从政治的,或从道德的,或从创作实践的经验出发谈论美和艺术问题",而"从经验出发,最根本的就是从审美主体出发,从审美主体的意向出发,……侧重于从主体出发研究和规范形式的意义和规律……因此,'形式'在中国美学中鲜有独立自主的意义,而是为审美主体的思想、情感等内容服务的,或者说只是内容的附庸和手段。"[①] 的确,无论是"诗言志、歌咏言""感物吟志""文以载道";还是"寓情于景、情景交融""形神兼备""辞约旨丰",我们从中所看到的中国文学中的形式美学的出发点无不是:内容决定形式,形式服务于内容。其中,"形式"的含义,不过是指向音律、节奏和分行书写的方式而已;即使将它扩展到"谋篇布局""遣词造句","形式"也都以"内容"附庸的面貌出现,并没有自己太多的独立价值。

---

① 赵宪章:《西方形式美学》,上海人民出版社,1996,第30页。

四

实际上,要准确把握诗歌的内容及其所蕴含的"社会意义"是一件相当困难的工作。恩格斯曾经指出:"作者的见解愈隐蔽,对艺术作品来说就愈好"①,作家的"倾向应当从场面和情节中自然而然地流露出来,而不应当特别把它指点出来"②。恩格斯的这段话对诗歌创作和诗歌研究都有十分重要的指导意义。与其他体裁的文学作品相比,诗歌的见解"隐蔽性"相对是更强的,通过研究其见解而进入诗歌常常是吃力不讨好的事。

20世纪40年代初,美国著名批评家、"新批评"的代表人物约翰·克罗·兰色姆在《新批评》(1941)一书中最早将"本体论"引入了文学批评之中。兰色姆反对对文学进行社会的、心理的批评,提倡对文学进行客观的、科学的本体批评。也就是说,要对文学批评的"存在现实"进行批评,而所谓"存在现实"就是作品的文本和作品的语言。而所谓"文本"(text)就是作品的存在方式,即文学的语言现实,是作家创作和读者接受的

---

① 恩格斯:《致玛·哈克奈斯》(1888年4月初),载《马克思恩格斯列宁斯大林文艺论著选讲》,春风文艺出版社,1981,第304页。
② 恩格斯:《致敏·考茨基》(1885年11月26日),载《马克思恩格斯列宁斯大林文艺论著选讲》,春风文艺出版社,1981,第283页。

中介,是文学活动的中心。

这里,需要专门提到的是罗兰·巴尔特的"文本理论"。罗兰·巴尔特曾是结构主义的代表,后来接受了德里达的思想,变成了解构主义的代表,《作者之死》是其转变的标志。他指出,文本由一系列不同的书写构成,作者所创造的只是其中之一,读者可以有无止境的书写。而先前,他认为作品具有稳定的普遍结构,因而也具有稳定的意义。因此,他在《S/Z》(1970)提出了"可阅读"文本和"可写作"文本的区别。所谓"可阅读"文本,指文本的能指和所指有清晰的对应关系,其意义是确定的,具有以反映现实的真实这样一种假定为先决条件。对于文本,读者只能被动地消费,"要么接受它,要么拒绝它"。"可写作"文本,则要求关注文本的语言本身的性质,让能指自由发挥作用。读者不再是被动的,而是主动的生产者,即通过能指的自由活动而透视文本中来自其他作品的东西(互文性),聆听不同信码的声音,从而参与创作,领略写作的乐趣。对于"可写作"的现代文学作品(常常晦涩难懂),对它的阅读可以说就是所谓写作,即产生出对该作品来说并不是确定的意义,这实际上就是解构性质的阅读。对于"可阅读"的文本,传统的批评总假定它有确定的意义,这就需要解构批评家运用一定的解构主义理论和方法对它进行解构性的阅读和批评。①

五

西方诗学的复兴一开始就与语言学的复兴联系在了一起,对"文本"的关注,不约而同地落脚于文学作品的语言。

1902年克罗奇在《作为表现的科学和一般语言学的美学》中提出了"美=直觉=表现=语言"的公式。而真正将语言学变成20世纪"显学"的,是被称为"现代语言学之父"的瑞士语言学家索绪尔。索绪尔语言学理论的一个基本思想,就是提出了语言研究的"历时性"和"共时性"的区分以及"言语"和"语言"的区分。索绪尔强调语言"共时性"研究的重要性,"索绪尔的创新就在于他坚持认为语言是一个有系统的整体,不管其内部在片刻之前发生过什么变化"②。以此为出发点,索绪

---

① 参见邱运华主编《文学批评方法与案例》第七章《解构主义批评》,北京大学出版社,2005,第209-210页。
② 弗雷德里克·詹姆逊:《语言的牢笼》,百花洲文艺出版社,1995,第4页。

尔认为语言学研究的对象应该是"语言"而不是"言语"。索绪尔认为,任何一个语言符号都由"能指"和"所指"构成,"能指"是有声的意象和书写形式,"所指"是概念或意义;意义的存在只是功能性的,是与其他符号相区别的结果,"语言中只有差别"①。

从索绪尔语言学到哥本哈根学派,再到乔姆斯基革命,现代语言学的一系列基本原理,特别是将语言作为一个独立自主的体系进行研究的基本方法,帮助文学科学确立了自己的研究对象:作品文本的语音、语义和结构。

然而,到了解构主义,索绪尔语言学理论的一些原理却遭到了颠覆。当代学者杨乃乔指出,从索绪尔的表述中我们可以看出,在他的语言学理论体系中声音是能指,而观念意义是所指。德里达在其解构主义理论中把观念意义认定为能指,把使观念意义出场的声音划定为所指,恰恰正是本体论层面上突显了逻各斯中心主义的语音主义。② 尽管如此,赵宪章仍然认为解构主义与结构主义一样,与索绪尔语言学思想有着不可分割的渊源关

---

① 索绪尔:《普通语言学教程》,商务印书馆,1980,第167页。
② 杨乃乔:《比较诗学与他者视域》,学苑出版社,2002,第500-501页。

系，他认为解构主义仍是建立在语言学的基础之上的，无非是给索绪尔以重新解释罢了。如果说结构主义主要强调能指与所指相对应这一面，那么，解构主义所强调的只不过是二者的区别与差异。①

可见，由索绪尔开辟的现代语言学始终如影随形地伴随着20世纪西方文学批评理论的发展，成为形式研究的重要理论武器。罗兰·巴特指出："在所有运用语言的项目里，诗人是最不形式主义的，因为他们是唯一相信文字的意义只是一种形式，像他们这样的写实主义者，是不会感到满足的，这是为什么我们的现代诗总自诩为语言的谋杀者，种种空间的、实质的沉默类比物。诗占领了一个和神话相反的位置：神话是一套符号学的体系，假装能超越进入一个事实体系里；诗是一套符号学体系，仿佛能依约进入一个本质体系。"② 由此可见，将诗歌看作一个自给自足的符号学体系，从研究诗歌作品的语言出发，思考文学的本体问题，不失为一条可借鉴的途径。

---

① 赵宪章：《文体与形式》，人民文学出版社，2004，第214-215页。
② 罗兰·巴特：《神话——大众文化诠释》，许蔷蔷、许绮玲译，上海人民出版社，1999，第193-194页。

六

对文本结构的关注,是诗歌研究需要关注的重点之一。

结构主义的所谓"结构",与中国传统的"结构"概念不同。刘勰在《文心雕龙·附会》中提出,"结构"就是"总文理,统首尾,定与夺,合涯际,弥纶一篇,使杂而不越者也。若筑室之须基构,裁衣之待缝缉矣"①。不难看出,刘勰的"结构"是一个抽象的经验型概念,令人"清者自清、浊者自浊"。中国当代文学理论,以以群的《文学的基本原理》为教科书。在谈到"结构"时,以群认为,"在具体的创作过程中,作家从现实生活中选取了一定的题材,在酝酿、形成作品主题的同时,必须要考虑如何安排这些材料,用以表现作品的思想内容,构成为一部完整的文学作品。这就是作品的结构问题。""作品的结构是表现作品内容、显示作品主题的重要的艺术手段。""在叙事性作品中,结构主要表现在情节的安排和组织上。"② 从中可以看出,以群的"结构"

---

① 刘勰:《文心雕龙注释》,周振甫注,人民文学出版社,1983,第462页。

② 以群主编《文学的基本原理》(下册),上海文艺出版社,1979,第316、323页。

是为"内容"服务的结构,同时也是与某一具体"情节"紧密联系的结构。

结构主义的"结构"与以群的"结构"的区别在于:

首先,结构主义叙事学所研究的情节结构不是某一具体作品的情节结构,而是某类作品所共有的情节结构。

其次,由于结构主义叙事学的叙事结构具有极强的抽象性,因而它的所谓结构不是单一层面的横向布局,而是立体的、多层面的关系所构成的模式。

最后,结构主义的结构具有完全独立自主的意义,不是文学中的结构,而是作为结构的文学。①

许多批评家从不同角度阐述了结构主义的批评方法,其中不乏较有代表性的观点。法国结构主义文艺理论家热奈特在1972年出版的《叙事语式》②中提出了结构主义叙事学的五个核心概念:顺序、进速、频率、语式和语态。而加拿大著名文艺理论家弗莱(又译弗赖侬、弗赖伊)提出了一套崭新的"结构"理论——原型批评理

---

① 参见赵宪章:《文体与形式》,人民文学出版社,2004,第209—212页。
② 参见热奈特:《叙事语式》,载冯黎明、阳友权、周茂君编《当代西方文艺批评主潮》,湖南人民出版社,1987,第190页。

论。他认为,为摒弃文学批评中的主观随意性,必须参照自然规律发现文学的规律。于是他根据一年有四季(春夏秋冬),一天有四时(早午晚夜),一水有四型(雨泉河海或雪),一人有四龄(青壮老死)等,指出文学发展中也存在着这样一个自然循环,即有四种主要的文学作品:相对于春天,是喜剧;相对于夏天是罗曼史;相对于秋天是悲剧;相对于冬天,是反讽和讽刺作品。①他说:"节奏,或者说周期性运动,是深深建立在自然循环的基础上的,自然界里我们认为与艺术作品有些相似的每一种事物,例如鲜花或鸟语,都是一种有机体与它环境的(尤其是太阳年)节奏之间的吻合一致,密切配合的结果。""神话是主要的传递力量,它赋予仪式以原型的意义,赋予神谕以原型的叙述。因此,神话就是原型。"②

但伊格尔顿认为弗莱并不是真正的结构主义。伊格尔顿剖析道:"正宗的结构主义有一个在弗赖依的著作中找不到的独特信条,即认为任何一个体系的个别单元只

---

① 弗莱:《批评的剖析》,陈慧、袁宪军、吴伟仁译,百花文艺出版社,1998,第192-299页。
② 弗赖伊:《文学的原型》,王逢振译,选自戴维·洛奇编《二十世纪文学评论》(下册),上海译文出版社,1993,第112页。

是在它们的相互关系上才有意义。这并非简单地认为:你应该以'结构的眼光'看待事物。你可以把一首诗作为一个'结构'来检查,而依然认为其中每一单元多少都具有自身的意义。……然而,只有当你宣布每个意象的意义完全是由相互间的关系而引起的,你才是一个货真价实的结构主义者。意象没有一个'实质性'的意义,只有一个'关系上'的意义。你不必走到诗的外面,去解释你关于太阳和月亮的知识,因为它们会相互解释、相互界定。"①

当然,在研究诗歌文本的结构时,应注意修辞也是不可忽略的一大系统。如果说结构是义本形式体系的形态表征,那么修辞便是文本形态系统的行动趋发,只有在结构形态和修辞行为的合盟中,文本作为形式的独立系统才能获得其有生命力的独立生存意含。而与结构网络形态相比照,修辞作为动态的行为系统,由于其动态特征而成为比结构系统更为灵活和更难把握的庞大系统,对其梳理和呈现,尤其是由此出发梳理中国当代诗歌发展历史,本身就是一个独立庞大的工程。这些观点的进

---

① 特里·伊格尔顿:《文学原理引论》,文化艺术出版社,1987,第113页。

一步阐释,以及运用这些研究方式观照中国当代诗歌的创作实践,本人在博士论文《中国当代诗歌形式研究》中已有所尝试,这里就不再赘述了。

总之,为促进中国当代诗歌创作的繁荣,我们迫切需要不断丰富诗歌批评的视角和手段,不仅要善于挖掘诗歌的"社会意义",也要更加重视诗歌的语言、结构、修辞、意象等方面的创新性研究。

七

最后,回到《时间的花朵》这本诗集。它是笔者近年来诗歌作品的合集。其中部分诗作创作时间较早,是上一本诗集《天赐情怀》所未录入的。原则上以创作时间先后顺序排列。之所以取名"时间的花朵",是想说,一首诗就是一朵小花,一朵小花就是人生经历中的一个不易凋谢的"记忆"。能否成为"伟大的记忆",我不作奢求,只期待更多方家批评指正。其实,平凡的"记忆"也挺好,至少证明我在努力,没有辜负时间,没有亏待生命。

围绕这本书的出版,这里我想感谢苏州市文联及其"三霞"工程的大力支持;感谢我的第一本诗集《天赐情怀》出版后给予专业指导的文艺批评家、媒体朋友以及广大读者;感谢为本书作序的诗人小海先生;感谢为本书提供精美设计和插页的画家叶鸿平先生;感谢苏州大学出版社和本书的责任编辑李寿春女士、谢珂珂女士;还要特别感谢我的家人,让我少分心于家务,而有更多的业余时间拥抱诗歌。

2023 年 11 月